Sina Blackwood

Die Tochter der Sagenerzählerin

Bibliografische Informationen der Deutschen Nationalbibliothek:
Die Deutsche Nationalbibliothek verzeichnet diese Publikation in der Deutschen Nationalbibliografie; detaillierte bibliografische Daten sind im Internet über http://dnb.de abrufbar.

© 1. Auflage Juni 2019

Coverbild: historical Background with bird - raven and ancient weapons
© ortlemma

Umschlaggestaltung: Sina Blackwood
Layout: Sina Blackwood

Die Personen und Namen in diesem Buch sind frei erfunden. Ähnlichkeiten mit heute lebenden Personen sind rein zufällig und nicht beabsichtigt.

Herstellung und Verlag:
BoD – Books on Demand, Norderstedt
ISBN: 9783741227455

Freudige Ereignisse

Rosalie, die Geschichtenerzählerin aus dem 21. Jahrhundert, und Bernhard, den angesehenen Schmied aus der Bronzezeit, hat das Schicksal im Nerviatal des 13. Jahrhunderts zusammengeführt.

Cavaliere Luciano Spinola, ein junger Ritter aus dem Gefolge des Admirals Oberto Doria, der ihnen immer wieder Gutes tut, heiratet schließlich ein junges Mädchen, das Rosalie gerettet hat, ohne zu wissen, dass auch dieses eine Spinola ist. Seitdem sind die beiden in tiefer Dankbarkeit mit Rosalie und Bernhard verbunden.

„Es ist ungewöhnlich kalt", stellte Rosalie fest, als sie Hühner und Esel mit Futter versorgte.

Ähnlich äußerte sich Antonio, der gerade aus dem Ziegenstall kam. „Auf dem Wassertrog war sogar eine dünne Eisschicht!"

Er war einst als Gefangener der Doria, aus der Seeschlacht von Meloria, zu ihnen gebracht worden. Er konnte perfekt übersetzen und hatte schon nach wenigen Stunden erkannt, welches Glück ihm zuteilgeworden war, in der abgelegenen Mühle leben zu dürfen, statt in einem Kerker der Genueser zu verrotten. Hier behandelte man ihn gut und schon bald avancierte er vom Knecht zur Vertrauensperson und zum Freund der Müllersleute.

Bernhard brachte zwei Eimer Wasser in die Küche. Er streckte beide Hände über dem kleinen Feuer im Herd aus. „Ungemütliches Wetter."

„Krahhh, krahhh", antwortete Kolkrabe Paul vom Dachbalken. Selbst ihm war heute das Streichemachen eingefroren. Da blieb er doch lieber im Haus und genoss die zur Decke aufsteigende Wärme.

Rosalie warf Kräuter in den Kessel, zugleich briet sie ein paar Eier in der Pfanne. Die Männer mussten in den Wald, um Holz zu holen, und sie selber wollten bei den Olivenbäumen nach dem Rechten sehen. Ohne Frühstück hätte sie keinen aus dem Haus gelassen.

„Komm her, du verrückter Vogel!", lachte Bernhard, weil Paul vor lauter Neugier fast vom Balken gefallen wäre.

Der Rabe segelte auf Bernhards Arm und rieb seinen Kopf an dessen Schulter. Antonio grinste vergnügt. Der schwarze Racker wusste genau, wie man sich ein paar leckere Brocken sicherte.

„Dafür musst du dann aber auch mit Rosalie zu den Bäumen gehen und gut auf sie aufpassen!", forderte Bernhard.

„Krahhh, krahhh, krahhh", rief Paul, mit dem ganzen Körper wippend, als wolle er sagen: Mache ich das nicht immer?

Er hockte sich auf Rosalies Schulter und ließ sich tragen, um wirklich ganz nah bei ihr zu sein. Außerdem war ihm so wärmer.

„Hast du zugenommen?", witzelte Rosalie, denn die anderthalb Kilo Gewicht des großen Vogels waren deutlich zu spüren.

„Krahhh, krahhh, pühhh", erwiderte Paul und keckerte danach fast wie eine Elster. Das bedeutete: Du verwechselst mich wohl mit jemandem?

„Ist schon gut, Großer. Bleib ruhig sitzen. Mir ist heute nur ziemlich flau zumute."

Das hatte Paul allerdings auch schon gespürt und rieb seinen riesigen Schnabel tröstend an Rosalies Wange. Sie kraulte ihn liebevoll am Bauch. Als sie sich etwas später an einen Olivenbaum lehnte, weil es ihr wirklich hundeelend zumute war, kletterte er auf einen Ast und mauzte klagend, wie eine Katze. Dabei schaute er ständig in die Richtung, welche die Männer eingeschlagen hatten. Einerseits wollte er Rosalie nicht allein lassen, andererseits gern Hilfe holen.

„Das wird schon wieder", murmelte sie.

Paul machte ganz leise: „Krahhh."

Eine halbe Stunde später erklang der Hufschlag mehrerer Pferde aus Richtung Isolabona. Die Männer beluden die Esel, um zur Mühle zurückzukehren. Fast zur gleichen Zeit wie die fünf Reiter erreichten sie die Brücke und ließen diesen den Vortritt über den Fluss. Von der anderen Seite eilte Rosalie herbei, die Männer mit fragendem Blick musternd.

„Gute Neuigkeiten!", rief der Anführer schmunzelnd vom Pferd herab. „Cavaliere Luciano schickt uns, auszurichten, dass ihm ein Stammhalter geboren wurde."

„Steigt ab und seid unsere Gäste", lud Rosalie die Reiter ein.

„Vielleicht auf dem Rückweg in einer Woche", erwiderte der Wortführer. „Wir müssen uns sputen." Im nächsten Augenblick galoppierten sie auch schon davon.

„Krahhh, krahhh, krahhh!", zeterte Paul, ihnen vom Brückengeländer aus hinterherschauend.

„Wenn der Kleine nach seinen Eltern gerät, wird er ein ganz Großer werden", überlegte Bernhard laut und erntete zustimmendes Nicken von allen Seiten.

Paul war das für den Moment egal. Er inspizierte die Holzladungen auf Fressbares. Als er nicht fündig wurde, gab er ein verächtliches Schniefen von sich.

Rosalie lachte. „Es ist zu kalt. Da kannst du lange nach Insekten suchen. Und morsches Holz, in welchem Käferlarven sein könnten, brennt nicht gut." Sie trug einen Armvoll Äste in die Küche.

Die Männer nahmen den Eseln ihre Last ab und stapelten das Holz neben der Schmiede unters Schleppdach, um es am Nachmittag in handliche Scheite zu zerlegen.

Rosalie kam, den Fischspeer in der Hand, wieder heraus. „Zur Feier des Tages ist mir nach Forelle", gab sie bekannt, sich neben der Brücke auf die Lauer stellend.

Der Kolkrabe postierte sich geschickt auf dem Geländer, damit ihn die Fische nicht sehen konnten. Er wollte Rosalie nicht verärgern, indem er versehentlich die Forellen verjagte.

„Sie ist unglaublich erfolgreich", staunte Antonio, als nach wenigen Minuten drei Fische auf dem Ufer lagen.

Bernhard nickte. „Ich habe es von ihr gelernt, mit dem Speer im Wasser zu jagen. Sogar Enten hat sie damit erbeutet."

Als die fertigen Forellen mit Zitronenscheiben garniert auf den Tellern lagen, herrschte wirklich Festtagsstimmung. Sie freuten sich über den Nachwuchs aus dem Hause Spinola.

„Vielleicht kommen sie uns ja irgendwann mit ihrem Sohn besuchen", schmunzelte Rosalie, die ausgedrückte Zitronenscheibe auslutschend.

Bernhard stutzte. Das tat Rosalie sonst nie. Er kniff die Augen zusammen, um sich an etwas aus seinem alten Leben erinnern zu können. Sie schaute ihn erwartungsvoll an.

„Krank wirst wohl nicht werden", sagte er schließlich, obwohl Rosalie schon am Morgen ungewöhnlich blass ausgesehen hatte.

„Ich will es nicht hoffen", seufzte sie. „Mir geht es schon seit zwei Tagen morgens gar nicht gut. Dieses nasskalte Wetter kann aber auch den stärksten Ochsen umhauen."

„Vielleicht hast du es ja mit dem Magen", mutmaßte Antonio.

„Wie kommst du darauf?", staunte Bernhard.

Antonio kratzte sich am Kopf. „Nun ja, sie steht im Lager immer wieder mit großen Augen vor dem Honigtopf und murmelt jedes Mal: Nein. Dann nimmt sie sich stattdessen eine eingelegte Olive."

„Wirklich?" Bernhard wurde hektisch.

Antonio riss die Augen auf. „Was ist los?"

„Ich hoffe etwas ganz Wundervolles!" Bernhard klopfte ihm breit lächelnd auf die auf die Schulter.

Rosalie fasste sich an die Stirn. „Das hatte ich ja völlig ausgeblendet, könnte aber zutreffen!"

„Was denn?", staunte Antonio, während Bernhard Rosalies Hand streichelte.

„Wir könnten auch Nachwuchs bekommen", erwiderten die Müllersleute im Chor.

„Oh." Antonio riss die Augen auf, hob beide Zeigefinger und schlug vor: „Dann solltet ihr schleunigst heiraten, ehe es dumme Sprüche gibt."

„Er hat recht", murmelte Rosalie. „In diesem Zeitalter wäre das dringend angebracht."

Zwei Siedlungen in Feierlaune

Sie steckten sofort die Köpfe zusammen, um eine möglichst einfache Hochzeit zu planen.

„Es nutzt alles nichts, wir müssen nach Isolabona", seufzte Rosalie.

Am nächsten Morgen versorgten sie die Tiere und trabten los. Die Männer saßen auf den Eseln und Rosalie auf dem Karren, den eines der Tiere zog. Mit dem Geistlichen der kleinen Kapelle waren sie sich schnell einig.

Als Rosalie einen größeren Betrag für die Gemeinde stiftete, stand für den Samstag der gleichen Woche der Termin für die Trauung fest. Spätestens als sie ein Fass Wein für die Feier kauften, verbreitete sich die Neuigkeit wie ein Lauffeuer. Auch, dass all die eingeladen waren, die zu den Geschichtenabenden in die Mühle kamen.

Natürlich schickte Rosalie Antonio auch mit einer Einladung zur Burg.

„Der Admiral ist nicht zu Hause", erklärte der junge Mann mit bedauernd erhobenen Händen.

„Schade", murmelte Rosalie. „Na wenigstens weiß er Bescheid, wenn er die Einladung später liest."

Zwei Tage vor dem großen Ereignis kamen die Reiter der Spinola zurück, um in der Mühle zu rasten. Antonio beeilte sich, die Pferde zu versorgen, Bernhard holte ein Fässchen Bier herbei und Rosalie servierte schmackhafte Fischsuppe mit viel Gemüse.

„Ihr bereitet ein Fest vor?", fragte der Anführer erstaunt.

Bernhard nickte. „Unsere Hochzeit am Samstag. Seid so gut, das Cavaliere Luciano zu berichten."

„Ich werde es nicht vergessen!", bekam er zur Antwort. „Er hat sich schon gewundert, warum dir die hübsche Müllerin nicht schon lange das Ja-Wort gegeben hat."

„Alles zu seiner Zeit", schmunzelte Bernhard.

Paul saß still auf dem Regal und beobachtete die vielen Fremden. Dass sich große Dinge taten, sah er, und dass sie gut waren, spürte er.

Rosalie wollte natürlich mehr über den Sohn ihres Wohltäters wissen. „Wie heißt der Kleine?"

„Vincenzo und er hat genau so schwarzes Haar wie sein Papa! Er lässt ihn von zwei Leibwächtern schützen."

Auf den fragenden Blick erfuhr sie: „Seit Meloria ist ein weiterer Spinola einigen ein Dorn im Auge."

„Ach ja, ich vergaß." Rosalie zog die Augenbrauen zusammen. Es wurden nicht selten Kinder eliminiert, um die siegreichen Feldherren und deren Familien besonders tief zu treffen.

Am frühen Nachmittag ritten die Männer weiter, um noch vor Einbruch der Nacht Dolceacqua zu erreichen, wo sie auf der Burg übernachten wollten. Den Müllersleuten war es recht, denn sie hatten genug für das Wochenende vorzubereiten.

Auf Fleisch werde man verzichten müssen. Es gab nichts, was man hätte schlachten können. Die Ziegen waren trächtig, der Bock werde nicht schmecken, die Eier der Hühner brauchte man, genau wie die beiden Esel. Kaufen ging auch nicht. Keiner hatte jetzt etwas feil. Rosalie zeigte wortlos auf den Fluss. Statt sich wegen des Essens selber verrückt zu machen, legte sie lieber die Festtagskleidung bereit, Bernhard schliff seinen Lieblingsdolch.

Am Freitagmorgen, die Sonne war noch nicht einmal richtig aufgegangen, riss Paul die drei mit ohrenbetäubendem Gekreische aus ihrem Tagewerk.

„Gütiger Himmel! Was ist denn los?!" Antonio stürzte dem Raben nach auf den Hof. Im Bruchteil eines Wimpernschlags war er im Bilde, was Paul so aufregte – Hufschlag und Räderrumpeln.

„Wer ist denn um diese Zeit schon unterwegs?", murmelte Rosalie, denn die eisenumspannten Holzräder machten einen Höllenlärm auf dem steinigen Weg.

Bernhard wiegte erstaunt den Kopf. „Der Reiter neben dem Wagen trägt das Wappen der Doria und so, wie es aussieht, wollen sie zu uns."

Paul postierte sich auf dem Brückengeländer. Falls das Fuhrwerk wirklich die Brücke passierte, wollte er es inspizieren. Wenig später traf Bernhards Prophezeiung ein, die Pferde bogen auf die Brücke ein und der Kolkrabe flatterte auf einen der geladenen Säcke, aus dem es verführerisch duftete.

„Hat sich der schwarze Racker doch genau das Beste herausgesucht!", lachte der berittene Begleiter, die Müllersleute grüßend. „Der Admiral schickt euch nämlich ein paar Kleinigkeiten, damit zur Hochzeitsfeier alle satt werden. Sieht ganz so aus, als käme halb Dolceacqua auch hierher."

Das *Beste*, wie es der Mann genannt hatte, war ein riesiger Sack voller Schinken und Würste, den Antonio gleich vor Paul in Sicherheit brachte. „Du wirst schon nicht verhungern", grinste er, weil der Rabe zeterte, als ginge es ihm ans Leben.

„Verrückter Vogel!", kicherten die Männer aus der Burg. „So was wie dich, könnten wir auch gebrauchen, dann könnten wir uns den Turmwachdienst sparen."

„Ja, wir sparen uns auch den Hund", grinste Bernhard. „Er hat euch schon gemeldet, da wart ihr noch Meilen weit weg."

„Und was passiert, wenn sich jemand nicht durch Geschrei vertreiben lässt?"

Bernhard zeigte breit lächelnd auf die Pelzbesätze an Rosalies Umhang. „Drei Marder, zwei Füchse. Mit dem Schnabel sollte sich keiner anlegen." Er kraulte Paul, der sich auf seiner Schulter niedergelassen hatte, sanft am Bauch.

„Krahhhahahahaaaa!", imitierte Paul menschliches Lachen, seinen Schnabel an Rosalies Pelzstücken reibend.

„Er wird die Feier besonders genießen", schmunzelte sie. „Überall kann man Futter abstauben und Schabernack treiben. Das tut er ja sowieso am liebsten."

„Hatte ich eigentlich schon erwähnt, dass wir hier bleiben und morgen die Mühle bewachen?", fragte der Reiter. „Ihr nehmt das Fuhrwerk, um nach Isolabona zu kommen."

„Nein, hast du nicht", staunte Bernhard.

Antonio half, die Pferde auszuspannen und zu versorgen. Rosalie überlegte einen Moment, dann schnappte sie Sichel und Messer, um immergrüne Zweige zu schneiden, aus denen sie Girlanden für den Wagen binden wollte. Antonio ging ihr zur Hand, während sich Bernhard um das leibliche Wohl der Männer kümmerte, indem er mit ihnen einen Becher Wein leerte.

„Sie kann es wohl kaum erwarten", schmunzelten Obertos Männer, weil Rosalie ein Tempo vorlegte, dem Antonio kaum folgen konnte.

Bernhard blinzelte: „Da sind wir mindestens zwei."

Antonio wischte sich den Schweiß von der Stirn. „Aufpassen, dass ich alles richtig mache und gleichzeitig übersetzen, kann ganz schön anstrengen!"

„Wobei die beiden doch schon recht gut allein zurecht kämen", stellte einer fest, weil Bernhard keine Mühe gehabt hatte, sich mit ihnen zu unterhalten, als Rosalie und Antonio Zweige holten.

„Antonio ist ja auch ein guter Lehrer", lobte Rosalie. Sie wollte noch etwas hinzufügen, als erneut Hufschlag von Isolabona her ertönte.

„Ziemlich viel los hier draußen", staunte Bernhard. Und noch mehr, weil der Besuch des Boten ihm galt. Der Mann übergab ihm ein gesiegeltes Schriftstück, tränkte sein Pferd und galoppierte zurück.

„Mach es auf!", forderte Rosalie, weil es Bernhard unschlüssig zwischen den Fingern drehte.

„Erst mal schauen, von wem es überhaupt kommt", sagte der Schmied, das Siegel nach oben drehend. „Oha. Zwei Wappen."

„Nun lass dich doch nicht so lange bitten!", rief Rosalie neugierig und auch die anderen machten lange Hälse.

Antonio bekam riesengroße Augen, als er es zuerst auf Italienisch und dann auf Deutsch vortrug. Luciano und Oberto hatten bestimmt, Bernhard wegen seiner Herkunft als Adligen einzustufen. Immerhin war er der Häuptling einer großen Siedlung gewesen. Das Schriftstück war praktisch ein Ritterschlag, denn er durfte sich ab sofort Cavaliere Bernhard nennen.

„Ich sehe es mit einem lachenden und einem weinenden Auge", seufzte Rosalie. „Einerseits hast du diese Ehre verdient, andererseits hast du nun zu gehorchen, wenn dein Dienstherr zur Waffenschau ruft. Bei Waffenschau fällt mir ein, dass du somit morgen dein wundervolles Schwert tragen darfst."

„Oh ja! Ich werde es sofort auf Hochglanz polieren!", rief Bernhard erfreut.

„Cavaliere Bernhard", flüsterte Antonio ehrlich ergriffen.

„Krahhh?", machte Paul, mit schief gelegtem Kopf in die Runde schauend. Er konnte deutlich das

Feierliche des Augenblicks spüren, wenn er auch nicht wusste, was es bedeutete.

„Du bist jetzt der Torwächter eines hohen Herrn", schmunzelte Antonio, worauf Paul Bernhard mit dem Schnabel anstupste und ein schmetterndes „Krahhh, krahhh, krahhh!", hören ließ.

„Genau! Drei Mal hoch!", lachte Rosalie.

Die Männer des Admirals stimmten ein.

Am Tag der Hochzeit legten alle ihre Festtagskleidung an. Rosalie hatte genäht, gestickt und aus dem Wenigen das Beste gemacht. Bernhard staunte, weil sie, von ihm völlig unbemerkt, seinen Sonntagsstaat ebenfalls mit Pelzbesatz und dunklem Garn verziert hatte, was den großen muskulösen Schmied nun noch respekteinflößender aussehen ließ. Schwert und Dolch komplettierten das Ganze. Die gestickten Ornamente auf ihrer Kleidung glichen den seinen, nur waren sie in Weiß und Grau gehalten.

Selbst Antonio hatte sie bedacht, und noch am späten Abend einige Änderungen an Wams und Umhang vorgenommen, um allen auch nach außen hin zu zeigen, dass der junge Mann der Vertraute eines Ritters war.

„Hast du schon über ein Wappen nachgedacht, Cavaliere Bernhard?", wandte sich Rosalie kurz vor

Isolabona scheinbar ohne Zusammenhang an ihren zukünftigen Gatten.

„Habe ich. Amboss, Schwert und Olivenzweig", kam es, wie ein Pfeil von der Sehne schnellt. „Ich kenne da eine unglaubliche Meisterin, die kann es mit Antonio ausarbeiten und sticken."

„Oh, ich glaube, das wird sie mit Hingabe tun!", rief Rosalie begeistert und Kutscher Antonio nickte heftig.

Die Bewohner von Isolabona und einige aus Dolceacqua standen schon Spalier, als die Brautleute die Kapelle erreichten. Antonio schlüpfte unbemerkt hinein, um dem Geistlichen die wichtigsten Neuigkeiten mitzuteilen. So kam es auch, dass alle wirklich riesengroße Augen machten, als dieser fragte: „Cavaliere Bernhard vom Erlenwald, wollt Ihr Rosalie Wildenstein zum rechtmäßigen Weib nehmen?"

Der Ritter hatte sich sofort gefangen und antwortete mit einem kräftigen: „Sì!"

Rosalie hauchte ihre Zustimmung fast, denn vor Rührung versagte ihr glatt die Stimme.

Der Weg zur Mühle glich einem Triumphzug. Das frisch vermählte Paar strahlte mit der Sonne um die Wette und dem Wagen folgten die schier unzähligen Gäste.

„Wie bist du auf *vom Erlenwald* gekommen?", staunte Bernhard.

Antonio schmunzelte: „Du hast doch immer wieder erzählt, dass dein altes Herrschaftsgebiet in einer feuchten Niederung mit unzähligen Erlen lag. Da fand ich es passend, dir diesen Namen zu verleihen."

„Hast du gut gemacht!", lobte Bernhard lächelnd.

„Wir können ja auch noch Erlenzapfen mit ins Wappen aufnehmen", regte Rosalie an. „In der Mitte Schwert und Ölzweig gekreuzt, zwischen Klinge und Zweig der Amboss und unten, zwischen Griff und Zweig drei Erlenzapfen als Herkunftszeichen."

„Das ist es!", riefen beide Männer begeistert.

Bernhard blinzelte vergnügt, als sie die Brücke passierten: „Ich glaube, wir sollten uns jetzt aber erst einmal um unsere Gäste kümmern."

Ein paar Frauen aus dem Ort packten einfach mit zu, um die Gäste zu bedienen. Rosalie nahm die Hilfe dankbar an. Den ganzen Nachmittag und bis tief in die Nacht wurde gesungen, getanzt und geschmaust. Man feierte das junge Paar und natürlich auch Bernhard, den Ritter vom Erlenwald, von dessen edler Herkunft niemand etwas gewusst hatte.

Nun ergab es für die Leute in den Dörfern endlich einen Sinn, warum die beiden Müllersleute, die so plötzlich im Tal aufgetaucht waren, von den Doria und Spinola immer wieder besonders unterstützt wurden. Sicher gab es irgendwelche Verwandtschaftslinien. Rosalie und Bernhard lag wenig daran, dagegen zu reden.

Paul interessierte das gar nicht. Er spazierte über die lange Tafel und bekam natürlich allenthalben schmackhafte Bröckchen zugesteckt. Er revanchierte sich mit Kunststückchen und trug seine Belohnungen dafür auf dem Dachbalken der Küche zusammen, um sie irgendwann ganz in Ruhe zu verspeisen.

Pauli und Pauline schien der Trubel weniger zu behagen, die beiden begannen, sich unruhig zu bewegen, und schließlich hangelten sich die beiden Fledermäuse in den äußersten Winkel des Lagerraumes.

„Es ist noch viel zu zeitig für sie, um aufzuwachen", flüsterte Rosalie besorgt.

„Ach Schatz", wisperte Bernhard zurück, „im Notfall müssen wir unter der Rinde morscher Bäume nach Futter für sie suchen. Mir ist gerade ein ganz anderes Problem bewusst geworden – ich kann schlecht auf einem Esel die Aufträge meiner Dienstherren erledigen."

„Aber auch nicht auf irgendeinem Bauernzossen", antwortete Rosalie. „Da werden wir wohl etwas tiefer in die Tasche greifen und dir ein standesgemäßes Pferd mit Sattel und Zaumzeug kaufen müssen. Ich habe doch noch das Nugget."

„Ich liebe dich!", Bernhard streichelte zärtlich ihre Wange.

„Oh, da können wohl zwei kaum noch die Hochzeitsnacht erwarten!", schmunzelten einige Gäste.

Rosalie gelang es, verschämt zu Erröten und Bernhard grinste genüsslich.

Wenn die wüssten! Antonio rieb sich innerlich die Hände. *Dann fällt es wenigstens nicht auf, wenn der Nachwuchs etwas zeitiger zur Welt kommt. Soll ja hin und wieder passieren.*

„So, in ein paar Tagen können wir uns offiziell auf unser Baby freuen", sagte Rosalie blinzelnd, als Bernhard sie über die Schlafstubenschwelle getragen hatte, wie sie es ihm als Hochzeitsbrauch erklärt hatte.

Antonio schmunzelte am Morgen vergnügt. „Ja, nun hat der Nachwuchs keine üble Nachrede mehr zu befürchten, zumal das Fußvolk einem Ritter keinerlei Vorschriften zu machen hat. Er ist seinem Dienstherrn und dem König Rechenschaft schuldig.

Nun wird auch das unterschwellige Getuschel wegen der Fledermäuse ein Ende finden."

„Ja, das beruhigt mich auch. Es spukt ja in vielen Köpfen herum, dass mit einer Fledermaus der Teufel in ein Haus fliegt. Nur der harten Hand Obertos haben wir es zu verdanken, dass man uns deswegen nicht an die Inquisition verrät."

„Und einigen dürfte es durchaus zu denken gegeben haben, was mit Martino geschehen ist, als er Anna quälte", meinte Bernhard.

„Ich bin glücklich", gab Rosalie mit strahlendem Lächeln bekannt.

Bernhard schmunzelte vergnügt. „Mal schauen, wie lange wir diesem wundervollen Zustand erhalten können. Ich werde jedenfalls alles dafür tun, was irgendwie in meiner Macht steht."

„Krahhh!", ließ sich Paul sehr bestimmt von seinem Regalbrett hören. An ihm sollte es auch nicht liegen.

„Das Wichtigste ist Frieden", murmelte Antonio. „Um den erhalten zu können, möchte ich gern Schwertunterricht bei dir nehmen", bat er Bernhard. „Wir sollten beide immer bestens in Form sein. Du, um deinem Herrn zu folgen, und ich, um meinem Herrn Haus und Hof zu erhalten, indem ich ich seine Familie beschütze."

„Ja, ich glaube, du hast recht", seufzte Bernhard. „Wir sollten wirklich immer in Übung bleiben."

„Und wir sollten überlegen, was du, außer einem Pferd und Sattelzeug, alles brauchen wirst. Ich möchte sicher sein, dass du den besten Schutz hast, den es derzeit gibt", warf Rosalie ein.

Für gute und für schlechte Zeiten

In dem Augenblick kamen die Männer des Burgherrn zur Tür herein, um zu frühstücken und danach nach Hause zurückzukehren. Sie hatten Rosalies Worte gehört und einer meinte: „So schnell kann man von friedlichen Kunstschmied wieder zum Waffenschmied werden."

„Manche Dinge nehmen Wendungen, an die denkt man gar nicht", bestätigte Bernhard.

„Andere liegen direkt vor der Nase und man sieht sie nicht", bemerkte der andere. „Du, oh Verzeihung, Ihr solltet in zwei Tagen die Burg aufsuchen. Morgen kommt der Admiral nach Hause. In seinem Stall stehen prachtvolle Pferde. Mit ein bisschen Geschick könnt Ihr ihm sicher eins abhandeln."

„Guter Tipp!", rief Bernhard. „Ich habe auch schon eine Idee, wie es funktionieren könnte."

Aber über die hüllte er sich, breit und genüsslich vor sich hin grinsend, in Schweigen.

Erst, als die Männer die Mühle verlassen hatten, rückte er mit der Sprache heraus: „Ihr könnt euch doch sicherlich an die schmiedeeisernen Seerosenblätter erinnern? Ich denke, mit etwas, das dazu passt, kann ich ihn ködern."

„Fantastischer Plan!", waren sich Rosalie und Antonio einig.

Bereits zwei Stunden später heizte Bernhard das Schmiedefeuer an. Er hatte Antonio noch einige Details verraten, der sich seinerseits nun auf die Suche nach einem Baumstämmchen oder dicken Ast begab, dessen Jahresringe eine schöne Maserung versprachen. Die Tiere waren versorgt, Kunden würden heute, nach durchzechter Nacht, bestimmt keine kommen und so setzte sich auch Rosalie hin, um das Wappen des Ritters vom Erlenwald zu entwerfen.

Vom Hof ertönten Hämmern, Sägen, Schleifen, vermischt mit dem Gemecker der Ziegen, dem Gackern der Hühner und dem Geschrei der Esel. Paul hatte sich mit in die Küche verzogen, wo es kuschelig warm und um Vieles ruhiger war. Rosalie hörte es nur hin und wieder knuspern, als er seine gesammelten Schätze von der Feier verspeiste.

Schließlich flog er auf die Tischplatte herab, um von Nahem die Arbeit zu begutachten.

„Müsste ich für mich ein Wappen entwerfen, dann würdest du mit hinein kommen", erklärte sie lächelnd. „Siehst du? So!" Sie skizzierte einen Raben, der, nach links gewandt, einen Olivenzweig im Schnabel trug. In die freie Fläche rechts oben malte sie die Fledermäuse, links deutete sie eine Mauer, also praktisch die ehemalige Mühlenruine, an. „Hm, nein, das ist zu viel. Sie malte den kleinen Pauli links und die große Pauline rechts über den Raben. Besser?"

„Krahhh, krahhh, krahhh!", bestätigte Paul. Das sah richtig gut aus. Er bestaunte sein Konterfei von allen Seiten und mauzte wie ein Kater dazu.

Auch die Männer lobten mittags Rosalies Entwürfe.

„Wer sagt eigentlich, dass Rosalie kein Wappen haben darf?", fragte Bernhard, wobei er Antonio anschaute.

„Niemand. Es wird einfach zu ihrem Familienwappen erklärt, genau so, wie wir das auch mit deinem Wappen tun", verriet Antonio. „Soll erst mal irgendeiner was anderes beweisen."

„Ja, das dürfte schwer werden", grinste Bernhard.

Rosalie hatte noch selbst gefärbtes Garn in verschiedenen Farben und so begann sie gemächlich, Bernhards Umhang mit seinem Wappen zu besticken. „Wie weit seid ihr gekommen?"

„Ich denke, in drei Tagen kann ich zur Burg reiten", sagte Bernhard sehr zufrieden.

„Nimm Antonio mit, der versteht auch die Feinheiten der Sprache." Dabei blinzelte sie mit einem Auge, worauf die Männer in schallendes Gelächter ausbrachen. „Ich werde in drei Tagen auch fertig sein und ihr könnt ein kleines Verwirrspiel starten."

Bernhard nickte begeistert. Er wusste genau, worauf Rosalie hinaus wollte.

Antonio war zuerst mit seiner Arbeit fertig. Er präsentierte Rosalie eine Schale aus wundervoll gemasertem Olivenholz. Er hatte den Ast da gefunden, wo auch die Weidenbäume standen. Wahrscheinlich hatte ihn die Nervia hier angeschwemmt.

Rosalie mochte diese Sorte Holz sehr. In ihrem früheren Leben hatte es manchmal im Supermarkt Kochlöffel und Salatbesteck daraus gegeben.

„Was hast du?", fragte Bernhard beunruhigt, weil Rosalies Blick durch die Mauern hindurch in weite Ferne ging.

Sie seufzte. „Es war nur eine Erinnerung wegen des Olivenholzes. Mach dir bloß keine unnötigen Sorgen. Ich gehöre hier an deine Seite und sonst nirgends hin. Und dafür habe ich unzählige Gründe."

Bernhard schloss sie in die Arme. „Ich will mir ein Leben ohne dich gar nicht mehr vorstellen. Möchtest du morgen nicht doch mit zur Burg kommen?"

„Nein. Ladet lieber ein paar Krüge des feinsten Öles auf den Wagen. Das könnte auch ganz hilfreich sein. Und mach dir bitte keine Sorgen." Rosalie hauchte ihm einen Kuss auf die Nasenspitze. „Ich werde morgen Teig ansetzen, weil ich übermorgen Brot backen will."

Bernhard legte abends beim Schein eines Öllämpchens letzte Hand an das kleine Kunstwerk aus Eisen und Holz. Die Schale hing in einer Halterung aus Metall, welche mit drei großen Seerosenblättern verziert war, zwischen denen eine Blüte und zwei Knospen hervorschauten.

Rosalie schüttelte staunend den Kopf. Die beiden hatten etwas geschaffen, das unglaublich edel aussah. Darauf musste Oberto einfach anspringen. Bernhard schlug es in ein Fell ein, um es gefahrlos transportieren zu können.

Beim ersten Hahnenschrei beendeten sie gerade das Frühstück, spannten Nino vor den Karren, um den sich Antonio kümmerte, während Bernhard auf Matteo ritt. Rosalie versorgte Hof und Tiere, ehe sie den Brotteig vorbereitete. Torwächter Paul blieb dabei stets in ihrer Nähe.

Die Männer trieben die Esel nicht an, sie ließen sie einfach laufen. Wer langsam reiste, kam schließlich auch irgendwann ans Ziel. Schon in Isolabona grüßten die Leute von Weitem, wenn sie der beiden ansichtig wurden. Und die beiden grüßten lächelnd zurück.

„Es ist schon erstaunlich, wer plötzlich alles den Kratzbuckel macht, seit sie wissen, dass ich einen Titel trage", lachte Bernhard, als sie den Ort durchquert hatten.

Antonio grinste vergnügt. Dieses Wissen hatte ihn auch zwei Stufen bei den anderen steigen lassen, die den Vertrauten eines Ritters anders wertschätzten, als die rechte Hand eines angesehenen Müllers, obwohl beide immer noch dieselben Personen waren.

In Dolceacqua hielten sie hier und da ein kurzes Schwätzchen, um Neuigkeiten unter der Hand zu erfahren. Eine davon lautete: „Cavaliere Luciano war gestern Nacht hier und ist nach zwei Stunden wieder fortgeritten."

„Merkwürdig", murmelte Antonio und Bernhard zog die Augenbrauen zusammen.

Am Tor der Burg wurden sie herzlich empfangen und ein Bursche wieselte davon, den Admiral von der Ankunft seines Ritters zu unterrichten. Der Herr über die Feste kam wenige Augenblicke später, stemmte die Hände in die Seiten und meinte: „So richtig gut steht Euch der Esel nicht."

„Oh, mein gütiger Herr!", erwiderte Bernhard mit breitem Schmunzeln. „Genau darum bin ich hier.

Mein Weib lässt Euch herzlich grüßen. Sie ist der gleichen Meinung wie Ihr."

„Schau an, schau an!" Oberto klopfte Bernhard auf die Schulter. „Zumindest seid Ihr mit gediegenen Waffen unterwegs. Lasst Euch anschauen!" Er begann, um ihn herum zu schreiten.

Antonio und Bernhard wechselten einen schnellen Blick. Das Verwirrspiel musste ausfallen. Damit, dass der Admiral so offensichtlich nach einem Wappen suchen werde, hatten sie nicht gerechnet. Der tippte, als er es gewahrte, drei Mal mit dem Finger darauf und brummte: „Gut, sehr gut. Ja, das ist ausgesprochen gut. Hätte mich doch auch gewundert, wenn ein Mann Eures Ranges keins gehabt hätte."

„Dank der geschickten Finger meiner Gattin kann es nun auch jeder sehen", erklärte Bernhard mit tiefer Zufriedenheit. „Ihr wisst ja, in welchem Zustand ich hier angekommen war."

„Und nun möchte sie ihren Ritter auf einem stolzen Ross heimkehren sehen", blinzelte Oberto, worauf Bernhard nickte: „Ich kann es ihr nicht verübeln. Auf einem Langohr böte ich in Euerm Tross sicher auch einen merkwürdigen Anblick."

„Ha, jetzt kratzt er mich an der Ehre! Ist es zu fassen?!", lachte Oberto. „Dann folgt mit flugs zu den Ställen!"

Ein Knecht bewachte den Karren und die Esel, während Antonio den beiden nacheilte.

„Von einem der vier da hinten, würde ich mich durchaus trennen." Der Admiral deutete auf zwei Braune, einen Schimmel und einen Rappen.

Bernhard, gewohnt, mit Pferden umzugehen, machte den Tauglichkeitstest auf seine Weise. Er kehrte den Tieren den Rücken zu. Der Rappe versuchte sofort, nach ihm zu beißen, worauf sich Bernhard dem Schimmel zuwandte. „Du bist mir zu auffällig, mein Bester."

Die Wahl zwischen den beiden Braunen fiel etwas schwerer und Bernhard entschied sich, nachdem er Hufe und Zähne angeschaut hatte, für das offensichtlich jüngere Tier. „Den möchte ich haben, falls ich den nötigen Betrag zusammenscharren kann", gab er bekannt.

Oberto wurde hellhörig. „Wenn Ihr so beginnt, dann riecht es stark nach Tauschgeschäft." Er spähte nach dem Karren mit den Ölkrügen.

„Das wäre natürlich noch besser", schmunzelte Bernhard, in der Hoffnung, Rosalies Nugget nicht ausgeben zu müssen. „Ich habe da auch etwas, das Euch durchaus gefallen könnte."

Antonio beeilte sich, das geschmiedete Kunstwerk auszupacken und auf dem Fell in Szene zu setzten. Wie erwartet, begannen die Augen des Admirals zu funkeln.

„Das und fünf Krüge Öl, dann ist das Pferd Euer!", erklärte er, keinen Blick von den Seerosen wendend. „Andrea!", rief er seinem Stallaufseher zu. „Pack dem Ritter noch ein Kettenhemd und ein Paar Beinschienen auf Sattel und Zaumzeug! Kommt, Herr Bernhard, den Handel müssen wir mit Wein besiegeln!"

Die Krüge wurden ins Lager gebracht, Antonio schlug die Seerosenschale wieder in das Fell ein, um sie persönlich in die Burg zu tragen, wo sie im Palas den Platz neben dem seerosenblättrigen Öllampenhalter bekam.

„Sowas hat nicht mal der Kaiser", freute sich Admiral Doria. „Ich hoffe doch, Herr Ritter, dass Ihr auch weiterhin dieser Leidenschaft fröhnen werdet."

„Immer, wenn es sich einrichten lässt", gab Bernhard nur zu gern zu, bedankte sich in aller Form für die vielen Gaben zur Hochzeit und brachte so das

Gespräch schließlich auf Luciano. „Ich habe gehört, Cavaliere Luciano sei hier gewesen."

„Das ist richtig", bestätigte Oberto. „Er wäre auch gern zu Euch gekommen. Nur ist der Augenblick nicht günstig. Man hat zwei Mal versucht, seine Frau und seinen Sohn zu entführen."

„Großer Gott!", rief Bernhard. „Ich wusste zwar, dass er besondere Maßnahmen ergriffen hat, aber nicht, dass es schon Anschläge gab."

„Schlimm ist, dass er sie für einige Wochen allein lassen muss. Ich kann die Familie nicht einmal hier auf der Burg unterbringen", erklärte Oberto. „Hier würde man sie zuerst suchen und ohne meine Anwesenheit wären sie nicht sicher."

Bernhards Gestalt straffte sich. „Ich muss mit Rosalie sprechen. Sie hat selbst für die unmöglichsten Situationen eine Lösung."

„Ihrem Rat würde Luciano sicher auch folgen", überlegte der Admiral laut. „Er ist in zwei Tagen in Imperia."

„Dann werde ich mit Antonio hinreiten", erklärte Bernhard und schlug sich an den Kopf. „Oha, wir haben ja nur ein Tier, das wirklich schnell genug ist!"

„Stimmt!" Oberto spitzte die Lippen. „Ich glaube, ich sollte mit Eurem Verwalter über den anderen Braunen verhandeln. Was haltet Ihr davon?"

„Ziemlich viel!", schmunzelte Bernhard. Antonio würde feilschen, bis der Admiral das Pferd fast verschenkte.

Und der dachte wohl ähnlich, denn er sagte nur schmunzelnd: „Die Antwort auf die Frage: Warum er ein Pferd braucht, kann ich mir lebhaft vorstellen: Ich will mit meinem Herrn die Familie eines Euch treu ergeben hohen Ritters retten. Und wie Ihr selbst sagtet, zählt gerade jetzt jeder Augenblick. Ich habe also die ernsthafte Befürchtung, dass wir zu spät kommen, wenn ich Ritter Bernhard auf einem Esel folgen und er deshalb ständig sein Tier zurückhalten muss."

Antonio schaute Bernhard gespielt verzweifelt an, worüber Oberto in schallendes Lachen ausbrach. „Bei so viel Appell an mein Gewissen, muss ich wohl eine Lösung finden. Nehmt den Wallach mit und bringt mir bei nächster Gelegenheit noch zwei Krüge Öl und eine große Schale aus Olivenholz."

Antonio verbeugte sich sehr dankbar und sehr tief. Kurz darauf ritten sie heimwärts, wobei Bernhard das zweite Pferd am Zügel führte, denn Antonio musste den Eselskarren zurückkutschieren.

Rosalie fiel fast aus allen Wolken. „Ach herrje! Jetzt wird es eng im Stall. Haben wir überhaupt genug Futter?"

„Glaube mir, wir finden eine Lösung", tröstete Bernhard. „Viel wichtiger ist jetzt dein Talent, eine wirklich kniffelige Aufgabe zu lösen." Dann berichtete er von Cavaliere Lucianos Familie.

Rosalie schlug die Hände überm Kopf zusammen. „Da muss schleunigst etwas geschehen! Ich hätte auch eine Idee ... Fragt sich nur, ob Anna dazu bereit wäre."

„Was schlägst du vor?", staunten die Männer.

„Man könnte Mutter und Sohn in einem leeren Fass zu uns auf den Hof bringen. In einfachen Kleidern, um unerkannt zu bleiben, könnten sie die Zeit überbrücken, bis Luciano wieder zu Hause ist. Ich denke, ihr beide wärt die richtigen Leibwächter für jene, die uns so viel Gutes tun."

Bernhard nickte Antonio zu, der sofort in den Lagerraum eilte, um den unausgesprochenen Befehl, ein Fass entsprechend zu präparieren, ausführte. Er brachte versteckte Luftschlitze an, polsterte es mit einem Sack Heu, dann kroch Rosalie hinein, um es auf Tauglichkeit zu testen. Bernhard legte den Deckel auf.

Rosalie blieb sicher länger als eine halbe Stunde in dem Fass, ohne Probleme mit dem Sauerstoff zu bekommen. „Es dürfte funktonieren", sagte aufatmend. „Ein großer Krug Wasser sollte mit hinein und natürlich weiß man nie, ob ein Kind plötzlich zu weinen anfängt."

„Alles gut und schön", murmelte Bernhard. „Nur wie bekommen wir das Fass dahin, wo es benötigt wird?"

Die drei schauten sich mit langen Gesichtern an.

Antonio machte schließlich eine Handbewegung, als ziehe er einen Schlussstrich unter eine Rechnung. „Wir nehmen es gar nicht mit. Ich weiß ja jetzt, was und wie ich es tun muss. Cavaliere Luciano wird sicher ein passendes Fass auftreiben können, nebst allem, was wir brauchen, wie zum Beispiel auch einen Wagen."

„Richtig!", strahlte Rosalie. „Das sind ihm Anna und Vincenzo sicher wert. Ihr müsst es irgendwie schaffen, sie zu retten!"

Bernhard nahm sie in den Arm. „Und du meinst, mir fällt es leicht, dich gerade jetzt auf unbestimmte allein zu lassen?"

„Ein paar Tage wird es schon gehen", wiegelte Rosalie ab. „Ich habe Paul, den besten Wächter-Raben der Welt."

„Krahhh, krahhh, krahhh!", tönte es vom Regal herab.

Bernhard war sich im Klaren, dass der Rabe jedem Bösewicht die Augen aushacken werde, sobald der auch nur eine der Brücken beträte.

„Reitet bitte sofort los!", drängte Rosalie, „ich habe ein wirklich dummes Gefühl, wenn ich an eure Mission denke."

Sie beeilte sich, ihnen genügend Vorrat einzupacken. Bernhard legte seine neue Rüstung an, steckte zwei Dolche ein und schob sein kampferprobtes Schwert in die Scheide.

Antonio streifte sein dickes Lederwams über, um gut geschützt zu sein, und gurtete sich einen langen Dolch um.

Bernhard küsste Rosalie zum Abschied, dann streichelte er das blauschwarze Gefieder des stattlichen Raben und bat: „Achte gut auf Rosalie!"

„Krahhh!" Paul rieb seinen Schnabel an Bernhards Hand, was heißen sollte: Aber sicher doch!

Rosalie schaute den im Trab Davonreitenden lange nach. Das Wappen auf Bernhards Rücken leuchtete in der untergehenden Sonne. „Viel Glück und gutes Gelingen", seufzte sie, worauf Paul ein dreifaches „Krahhh" erschallen ließ.

Die rund 60 Kilometer wollten die Männer mit zwei Pausen absolvieren, um die Pferde nicht zu überfordern. Zudem brachte es nichts, sich im

Dunkel der Nacht sinnlos in Gefahr zu begeben. Aber die einsetzende Dunkelheit bewirkte auch, dass sie nicht gesehen wurden. Schweigend ritten sie nebeneinander her. Auf der Burg brannten die Fackeln und auf seltsame Art wirkte das riesige Bauwerk beruhigend auf Bernhard. Ein Bollwerk zum Schutz gegen Feinde, und er einer seiner Ritter. Ihr Plan musste einfach gelingen.

Die Pferde liefen sicher und ausdauernd, sodass sie ganzes Stück weiter kamen, als vorgesehen. Sie fanden sogar eine Passage zur Nervia hinunter, um die Pferde tränken zu können. Das Kiesbett am Ufer war breit genug, um gleich hier rasten zu können. So blieben sie auch verborgen, sollte noch jemand nachts im Tal herumreiten. Bei Sonnenaufgang schweifte der Blick dann das erste Mal über die blaue Weite des Mittelmeeres. Sie zügelten die Pferde, um den Moment zu genießen.

„Es ist noch gar nicht so lange her, da hat mir Luciano diesen Anblick zum Geschenk gemacht", murmelte Bernhard kopfschüttelnd.

Antonio nickte versonnen. „Ich hätte auch nicht gedacht, das Meer noch einmal sehen zu können. Als ich in Gefangenschaft geriet, glaubte ich, das Meer sei mein Verderben gewesen. Dann brachte man mich zu euch."

Sie kehrten in einer kleinen Wirtschaft im nächsten Ort ein, um wenigstens ein paar gebratene Eier zu verspeisen. Man bediente den fremden Ritter und seinen Begleiter sofort und mit Hochachtung, während sich ein kleines Bürschlein um die Pferde kümmerte, ihnen Hafer aufschüttete und sie trocken rieb.

Aus der bewusst belanglosen Unterhaltung der beiden Männer konnte auch niemand etwas Genaues entnehmen, nur dass sie auf der Durchreise nach irgendwohin waren.

Den Ort passierten sie auf ihren Pferde bei der Weiterreise im Schritt, um weder Schaden anzurichten noch Neugier zu wecken, die sie gar nicht brauchen konnten. Kaum außer Sicht trieben sie die Pferde an und trabten die alte Römerstraße in halber Hanghöhe entlang. Dann gewahrten sie vor sich einen Reitertrupp, der gemächlicher unterwegs war und die beiden Eiligen vorbei lassen wollte. Unter ihnen eine Frau mit Kind, welche die Kapuze ihres Umhangs tief ins Gesicht gezogen hatte. Bernhard schaute genauer hin, worauf einer der Männer die Hand an seinen Schwertgriff legte.

Im nächsten Augenblick ging ein Strahlen über dessen Gesicht. „Cavaliere Bernhard!"

„Cavaliere Luciano!"

Die Ritter reichten sich die Hände und auch Anna begrüßte die Neuankömmlinge mit zu Herzen gehendem Lächeln.

„Was tut Ihr denn hier?", fragte Luciano.

Bernhard machte ein Zeichen mit den Augen.

„Ihr könnt sprechen. Meine Männer sind absolut vertrauenswürdig."

„Wir sind gekommen Eure Frau und Euern Sohn mitzunehmen", flüsterte Bernhard.

Luciano schaute überrascht auf. „Das ist viel zu gefährlich – für sie und für Euch."

„Nicht nach Rosalies Plan", wisperte Bernhard. „Ich erzähle es Euch später. Wir reiten weiter, damit man uns nicht mit Euch ankommen sieht." Er hob grüßend die Hand und trieb seinen Braunen an. Antonio folgte ihm.

Luciano zügelte Neugier und Pferd, obwohl es ihn brennend interessierte, welchen Plan die hübsche Müllerin ausgeheckt hatte. „Bernhard wird seine Gründe haben, wenn er nicht mit uns gesehen werden will", sagte er lakonisch. „Lassen wir ihm also genügend Vorsprung."

Keiner hatte wirklich verstanden, worum es in der kurzen Unterhaltung gegangen war, doch weil sich Luciano in Schweigen hüllte, schien es ziemlich brisant gewesen zu sein. In Annas Kopf jagten sich die

Gedanken. Warum schlossen sich die beiden Männer nicht ihrem Trupp an? Warum das Geflüster? Waren ihnen etwa schon wieder Feinde auf der Spur, von denen Bernhard wusste?

Große Augen bekam sie, als sie im Innenhof ihres Domizils in Imperia die Pferde der beiden Reiter stehen sah. Sie waren bereits trocken gerieben und knusperten Heu. Als sich die Tore schlossen, hob Luciano Frau und Sohn vom Pferd, um sie sogleich ins sichere Haus zu bringen. Erfreut stellte er fest, dass Bernhard und Antonio schon auf sie warteten.

Anna trug noch immer den Kleinen auf dem Arm, den sie jetzt auf Lucianos Umhang neben sich auf den Sessel bettete. Von den Strapazen des Rittes schlief Vincenzo tief und fest.

„Sprecht, Cavaliere Bernhard!", bat Luciano, als eine Magd Wein und Gebäck gebracht hatte.

„Wir haben vom Admiral erfahren, dass Ihr Eure Familie allein lassen müsst und auch, dass es bereits unschöne Vorfälle gegeben hat", begann Bernhard. „Rosalie, von der ich Euch beide ganz herzlich grüßen soll, hat deshalb folgenden Plan: Sie möchte Anna und Vincenzo für die Zeit Eurer Abwesenheit unerkannt zu uns holen, wo es bestimmt sicherer ist als hier oder anderswo."

„Unerkannt? Wie stellt sie sich das vor?", staunte Anna.

„Wir haben zu Hause ein wenig getestet", erklärte Bernhard mit einem winzigen Lächeln. „Wir haben ein leeres Fass präpariert, Rosalie ist hinein geschlüpft und hat uns so lange Anweisungen gegeben, bis alles perfekt war, dann hat sie lange Zeit darin ausgeharrt. Sie ist überzeugt, dass so bestimmt niemand auf die Idee kommt, Eure Familie bei uns zu vermuten. Denn wir transportieren ja nur ein volles Fass durch die Gegend."

„Was???" Luciano glaubte, sich verhört zu haben, während Anna mit halb geschlossenen Augen nickte.

Sie fasste ihn am Arm. „In der Mühle sind wir wirklich am sichersten aufgehoben. In einfachen Kleidern und mit einem Tuch überm Haar, wird mich bestimmt keiner so schnell erkennen. Vincenzo ist ein ruhiges Kind, das bestimmt nicht weinen und uns auch nicht die Häscher auf den Hals hetzen wird. Ich vertraue Rosalie."

Luciano knirschte mit den Zähnen. „Es widerstrebt mir, meine Familie in ein Fass zu stecken. Aber wenn Anna diese Tortur auf sich nehmen will, dann werde ich mich nicht dagegen stellen. Die Mühle ist wirklich der sicherste Ort. Was braucht Ihr?"

Bernhard nickte Antonio zu und der begann aufzuzählen. Luciano notierte und gab sofort an einen seiner Männer klare Anweisungen.

„Wie wäre es mit einem Pferd und einem Kutscher zum Wagen?", fragte er schließlich mit einem Blinzeln. „Dann kann Antonio die Vorhut übernehmen und Ritter Bernhard die Nachhut. Da weiß ich wenigstens, dass zwei kampferprobte Männer auf Pferden voll beweglich sind."

„Das wäre natürlich die ideale Lösung", gab Bernhard schmunzelnd zurück.

„Dann ist es beschlossen. Einer meiner Männer lenkt den Wagen und bringt ihn anschließend gleich wieder hierher, damit das Fehlen keine Neugier weckt."

Inzwischen war ein neues Fass in ein Nebengebäude gebracht worden, sodass sich Antonio mit einem Gehilfen an die Arbeit machen konnte. Im Morgengrauen, so bestimmte es Bernhard, wollten sie aufbrechen.

„Wirst du es in dem Fass aushalten?", fragte Luciano beunruhigt seine Frau.

Die lächelte. „Erinnere dich einfach daran, was mir Martino angetan hat. Dagegen ist die Reise in einem speziell gepolsterten Fass unter den wachsamen Augen von Freunden die reinste Spazierfahrt."

„Ich werde auch dafür sorgen, dass ihr nicht die ganze Zeit da drinnen stecken müsst", versprach Bernhard. „Wenn wir unser Tal erreichen, steigt ihr auf den Wagen um, wo man euch für die Familie des Kutschers halten wird."

„Das überzeugt mich", seufzte Luciano. „Vergesst bitte nicht, Rosalie und Paul von mir zu grüßen."

„Versprochen!", lachte Bernhard. „Unser Wächter-Rabe hat ja jetzt die volle Verantwortung für Rosalie. Aber ich bin sicher, dass er seine Sache hervorragend macht. Davon können schon wieder ein paar Marder und Füchse mehr ein Lied singen, oder vielmehr kein Lied mehr singen, weil deren Pelz Rosalie nun an ihrem Umhang und als Handschuhe trägt."

Die anderen fielen in das Lachen ein. Pauls Schnabel war wirklich nicht von schlechten Eltern.

Luciano wies den Gästen zwei Zimmer zu, damit sie bis zur Abreise ungestört schlafen konnten, während er eigenhändig noch einmal alle bereitgestellten Dinge überprüfte und Anna einen doppelschneidigen Dolch übergab, sollte sie sich verteidigen müssen. Er musste ihr nicht einschärfen, jeden kleinen Wink von Bernhard und Rosalie strikt zu befolgen. Das werde sie sowie tun, weil sie ihnen noch immer aus tiefstem Herzen dankbar war, damals ihr Leben gerettet zu haben.

Luciano seufzte, er konnte nicht einmal einen bestimmten Zeitraum benennen, in welchem er von seinem Auftrag wieder zurückkehren werde. Ja, es war definitiv das Beste, seine Familie ins Nerviatal zu schicken.

Vor dem Morgengrauen brachte er sie in völliger Dunkelheit zu dem hergerichteten Fass. Fackeln oder Laternen hätten nur Mägde oder Knechte hellhörig gemacht, was keinesfalls passieren durfte. Er küsste Anna zum Abschied, strich seinem fest schlafenden Sohn übers Köpfchen, dann legte er den Deckel auf das Fass.

Als er zurückkehrte, begaben sich Bernhard, Antonio und Marco, der Kutscher, mit Laternen hinaus, um die Pferde zu satteln oder anzuspannen. Luciano drückte ihnen fest die Hände, dann öffnete er das Tor. Der Wagen rumpelte hinaus. Luciano schaute lange hinterher.

Antonio bestimmte die Geschwindigkeit, um Mutter und Kind im Inneren des Fasses schonend ins heimatliche Tal bringen zu können Bernhard genoss den langsamen Ritt, ließ den Blick übers Meer schweifen, beobachtete die Segelmanöver zweier Schiffe und freute sich auf zu Hause. Er hatte mit Anna einige Zeichen für Notfälle abgesprochen, weshalb er das Fass nie ganz aus den Augen ließ.

Aus einer Zeit stammend, noch viel archaischer als das Mittelalter, war er es gewohnt, immer und überall sämtliche Sinne einzusetzen.

Das winzige San Loénso, auch San Lorenzo al Mare genannt, durchquerten sie noch, um kurz dahinter eine Pause einzulegen. Auf der nächsten Etappe ging es dann an Arma di Taggia vorbei, das für die vielen sarazenischen Piratenüberfälle berühmt-berüchtigt war. Luciano hatte sie eindringlich darauf hingewiesen, die Nähe des verlockenden Sandstrands zu meiden.

„Anna, alles in Ordnung?", flüsterte Bernhard, als man anhielt.

„Uns geht es gut. Gibt es Probleme?"

„Nein, wir machen einige Minuten Rast. Brauchst du frisches Wasser?"

Anna inspizierte den Vorrat. „Noch nicht, der Krug ist noch fast voll."

„Wir sollten weiterfahren", ließ sich der Kutscher vernehmen. „Die merkwürdigen Boote da draußen gefallen mir nicht."

„Mir auch nicht", erklärte Antonio, ungefähr den Ort berechnend, wo diese auf den Strand auflaufen mussten. „Wenn wir ein wenig Tempo machen, sind wir weit genug fort, ehe sie landen. Wir versuchen, vor Sanremo zu lagern."

„Weiter!", befahl Bernhard, auf die Erfahrungen der Männer bauend.

Anna drückte beunruhigt ihr Söhnchen an sich, denn die Pferde fielen sofort in einen straffen Trab. Zudem war sie schon einmal auf dem Weg nach Sanremo überfallen worden, worauf sie ins Nerviatal geflohen war. „Die Männer wissen, was sie tun", wisperte sie sich selber Mut zu.

„Da vorn ist schon Bussana Vecchia!", rief Antonio. „Wir passieren es und halten auf halber Strecke nach Sanremo, falls da nicht schon andere stehen."

„Wir müssen rasten, auch wenn schon andere dort sind. Die Pferde halten nicht länger durch ohne Wasser", knirschte Bernhard.

Annas Herz ließ vor Schreck gleich ein paar Schläge aus, als sie nach einer Weile Antonio sagen hörte: „Wir sind nicht allein."

Oh, mein Gott! Hoffentlich weint Vincenzo nicht, dachte sie, da rollte der Wagen auch schon langsam aus. Es waren ausschließlich Männerstimmen, die zu ihr hereindrangen. Marco spannte das Zugpferd aus und versorgte es, während Antonio und Bernhard absaßen, um ihre Tiere direkt am Wagen anzubinden, wie Anna durch einen winzigen Spalt sehen konnte.

Das Wappen auf Bernhards Umhang ließ die Neugierigen vorsichtig werden. Die darunter zum Vorschein kommende Bewaffnung hielt sie auf Distanz. Antonio ließ, wie rein zufällig, ebenfalls die Griffe seiner Dolche blitzen. Offenbar waren sie auf Händler gestoßen, denen die Anwesenheit eines Cavaliere nicht unwillkommen zu sein schien. Ganz und gar nicht gut für Anna, die dringend einmal aus dem Fass musste.

Der pfiffige Antonio brachte also das Gespräch bewusst auf die Boote, die sie beobachtet hatten und die beiden anderen stiegen sofort auf das Spiel ein, indem sie eine Art fiktiver Strategie entwickelten, griffen die Fremden nachts an. Es dauerte gar nicht lange, da wurden die Händler unruhig. Schließlich erklärten sie, dringend Sanremo erreichen zu müssen, spannten an und zogen eilig weiter. Ihnen folgte der etwas ärmlich aussehende Reisende, der auf einem Esel ganz am Rande der Gruppe gesessen hatte.

Antonio zuckte mit den Schultern. „Perfekt. Weg sind sie."

Bernhard half sofort Anna aus dem Fass. Er kümmerte sich um den Kleinen, während die Mama mit schnellen Schritten zwischen den Büschen abseits des Weges verschwand.

Um keine unliebsamen Überraschungen zu erleben, füllte Antonio sofort den Wasserkrug auf. Wegzehrung hatte Anna noch genug.

„Euer Söhnchen ist erfreulich still", staunte Bernhard, als er Anna den Kleinen in den Arm legte.

„Er scheint die Gefahr zu spüren, vermute ich. Wir haben schon zwei Mal in fürchterlichen Situationen gesteckt, wo Babygeschrei zur Katastrophe geführt hätte. Er schaut mich dann stets mit riesengroßen Augen an und gibt keinen Mucks von sich." Sie fütterte Vincenzo mit kaltem Brei, denn Feuer wäre weithin zu sehen gewesen. „Vor dem nächsten Stück Weg habe ich die meiste Angst", sprach sie zögernd.

Bernhard nickte. „Ich weiß." Zugleich wandte er sich an die beiden anderen: „Ich werde jetzt einen Moment ruhen."

„Ich möchte bitte wieder in mein Fass", erklärte Anna sofort. „Da fühle ich mich am sichersten."

Er half ihr und legte sich mit gezogenem Schwert auf den Wagen neben das Fass. Nach einer Stunde schickte er Antonio auf den Wagen. Zuletzt war Marco an der Reihe.

Am völlig wolkenlosen Himmel gab die schmale Mondsichel genug Licht, um den Weg erkennen zu können, sodass Bernhard mitten in der Nacht aufbrechen ließ, um nicht doch noch böse überrascht zu werden.

„Was bewiegt Euch dazu?", fragte Marco erstaunt.

„Das Galgenvogelgesicht mit dem Esel", antwortete Bernhard, wobei Antonio Mühe hatte, dieses, von Rosalie stammende, Wort in etwas zu übersetzen, das Marco auch verstehen konnte. Also sagte er kurzerhand: „Der komische Kerl mit dem Esel."

„Der machte mir ganz den Eindruck, als habe er die Kaufleute im Schlaf um ein paar Goldstücke erleichtern wollen", setzte Bernhard noch erklärend hinzu. „Wir sind zwar nur drei Männer, können uns aber zur Wehr setzen. Bei hiesigen Kaufleuten kann man das meist vergessen. Da sind die Waffen nur Zierrat. Er setzt sicher darauf, dass sein Esel an Berghängen trittsicherer ist als ein Pferd, falls er fliehen muss. Durch die Berge kommen wir mit dem Wagen nicht, also müssen wir direkt über Sanremo reisen, ob wir wollen oder nicht."

Der Ritter vom Erlenwald

Und der Weg war beschwerlich genug, denn das Nest klebte regelrecht am Hang, um Schutz vor den Piraten zu bieten. Anna verhielt sich mucksmäuschenstill vor lauter Angst. Sie wagte kaum, zu atmen. Das laute Rumpeln der Räder war leider nicht zu überhören und schon bald folgten ihnen mehrere zwielichtige Gestalten.

„Wie viele sind es?", fragte Antonio.

„Vier, soweit ich das bei den Lichtverhältnissen beurteilen kann", gab Bernhard zurück.

„Einheimische?"

„Scheint so."

Marco fand eine Stelle, wo die Straße etwas breiter war, er hielt an, als wolle er die Reiter vorbei lassen. Die taten auch so, als ritten sie vorüber, blieben aber abrupt neben dem Wagen stehen und im selben Augenblick tobte der Kampf. Mit ihren Zahnstochern, wie es Rosalie wohl bezeichnet hätte, konnten sie dem schwer bewaffneten Ritter und seinen Begleitern nicht wirklich gefährlich werden.

Bernhard und Antonio kämpften beidhändig, wobei das Schwert des Ritters durch die Knochen der Schufte wie durch Butter schnitt. Marco wehrte Hiebe gegen das Fass ab. Nach nicht einmal einer

Viertelstunde war das Scharmützel vorbei. Ein Angreifer lag tot am Boden, zwei andere mussten schwer verletzt sein und der vierte hatte sofort die Flucht ergriffen, als er merkte, auf verlorenem Posten zu stehen.

Antonio gelang es, zwei Pferde einzufangen. „Kriegsbeute", meinte er lakonisch, als er sie hinten am Wagen festband, damit sie nicht türmen konnten.

„Anna, alles in Ordnung?", rief Bernhard und bekam ein Ja, das mit so zittriger Stimme gesprochen war, dass er vorsichtshalber den Deckel vom Fass nahm, um sich zu vergewissern.

Anna war zwar totenbleich, aber sehr erleichtert, dass der Spuk so schnell ein gutes Ende genommen hatte. „Seid ihr unverletzt?"

„Ein paar kleine Kratzer und blaue Flecke, nicht der Rede wert", wiegelte Bernhard ab. „Wir ziehen weiter!" Vorsichtig passte er den Deckel wieder auf das Fass ein.

Das Trappeln mehrerer Huftiere durchdrang die Stille. „Ziemlich viel Begängnis zu so später oder früher Stunde", wunderte sich Marco. „Das klingt wie eine Herde wildgewordener Esel!"

Bei der Tierart sollte er sich auch nicht getäuscht haben. Es waren tatsächlich mehrere Esel. Nur nicht allein. Auf ihren Rücken saßen Reiter, die ihre wertvollste Habe zusammengerafft hatten und geflohen waren. „Kehrt um! Kehrt um! In Sanremo ist der Teufel los!" Ohne sich näher zu erklären, trieben sie ihre Tiere eilig weiter.

„Und nun?" Antonio und Marco hatten die Frage gleichzeitig gestellt.

Bernhard musste nicht lange überlegen. „Wir reiten über San Romolo und Perinaldo nach Apricale. Von da ist es nicht mehr weit bis nach Hause. Marco kehrt mit dem Wagen und dem leeren Fass nach Imperia zurück. Anna bekommt eines der ledigen Pferde, das zweite trägt ihr Gepäck. Beeilt euch!"

Anna band sich Vincenzo in einem Tuch vor den Körper, während Antonio und Marco die Pferde mit Annas Gepäck beluden. Dann halfen sie Marco beim Wenden auf der schmalen Straße, banden das Handpferd an Antonios Sattel fest, ritten los, um den Pfad zu finden, der bei Poggio nach San Romolo abzweigte.

„Um San Romolo werden die Kiefern und Kastanien für den Schiffbau geschlagen. Es gibt also zumindest bis da hin eine gute Straße", erklärte Antonio. „Danach wird es unwegsamer und der Wagen wäre nur hinderlich. Vielleicht finden wir eine Wirtschaft, wo Anna ein wenig ruhen kann."

Der fromme Wunsch erfüllte sich nicht und so zogen sie weiter, bis sie an ein Bächlein kamen, das in einer kleinen Kaskade einen Felsen herabfiel.

„Pause!", verordnete Bernhard. „Ihr werdet ruhen, ich wache."

Antonio ließ sich einfach ins Gras fallen. Anna legte Vincenzo trocken, gab ihm zu trinken und bettete sich so, dass sie nicht versehentlich von einem der Pferde getreten werden konnte, um die sich Bernhard kümmerte. Wie er die beiden Neuen, einen Schecken und einen Falben, betrachtete, beschloss er, die Tiere nicht zu verkaufen. Anna und Rosalie konnten sie sicher gut gebrauchen, um miteinander auszureiten, wenn die Arbeit getan war.

Antonio wurde nach einer Stunde von seiner inneren Uhr aus dem Schlaf gerissen und so legte sich Bernhard aufs Ohr, um mit dem Morgengrauen wieder fit zu sein. Vorsichtig weckte er Anna. Vincenzo träumte in seinem Tuch einfach weiter. Ein paar Happen aus dem Proviant, kühles Nass vom Wasserfall, dann zog die kleine Karawane davon.

„Auf so einem Pferderücken ist es doch etwas bequemer, als in einem Fass", blinzelte Anna. „Wobei ich weiß, dass wir ohne Fass nicht ungeschoren davon gekommen wären. Hoffentlich bleibt uns das Glück hold."

Darauf hofften auch die Männer. Zumindest begegneten ihnen auf viele Meilen keine Menschen. Hin und wieder fragten sich alle, ob man wirklich auf dem richtigen Weg sei, denn dieser schlängelte sich und schlug sogar Haken, als müsse man zurück reiten. Erst als sie Perinaldo erreichten, wussten sie, dass sie sich nicht verirrt hatten.

Dort bekam sie sogar für eine Münze warmes Essen und etwas Brei für Vincenzo. Nachdem die Pferde ausgiebig geruht hatten, nahmen sie die Etappe nach Apricale unter die Hufe. Von da war es dann nur noch rund eine Stunde bis nach Hause. Anna hielt sich tapfer im Sattel. Sie lächelte Vincenzos Tränen weg, obwohl sie mit ihren Kräften fast am Ende war.

Im Nerviatal begann Rosalie, sich langsam Sorgen zu machen. Zwar kam man mit einem Wagen nicht so schnell voran, wie als Reiter, trotzdem hätten Bernhard und Antonio schon wieder da sein müssen. Immer wieder stand sie an der Brücke und schaute die Straße nach Isolabona hinunter. Paul wich nicht von ihrer Seite. Hin und wieder strich sie mit der Hand über das blauschwarze Gefieder und der Vogel konnte deutlich die Unruhe spüren.

„Fliege und halte Ausschau!", ermunterte ihn Rosalie.

„Krahhh?"

Rosalie zeigte in den Himmel. „Von da oben kannst du sie vielleicht schon sehen."

„Krahhh, krahhh, krahhh!" Paul hob ab und drehte ein paar Runden über der Mühle, ehe er zielgerichtet nach Isolabona flog, woher, so glaubte auch er, die beiden Männer kommen mussten.

Nach einer Stunde war er wieder da. Er hatte sie nicht gefunden, wie er mit traurig hängendem Kopf andeutete.

„Einen Versuch war es wert", seufzte Rosalie, ihn mit einem Stückchen Käse belohnend.

Paul verschlang es, schnäbelte leise etwas vor sich hin, rieb seinen Kopf an Rosalies Arm und startete erneut. Diesmal kreiste er wie ein Raubvogel, stieg dabei auch immer höher hinauf. Plötzlich begann er, wie wild zu krächzen, und schoss in eine Richtung davon, die Rosalie nicht erwartet hatte. Irgendetwas sehr Aufregendes schien er, entdeckt zu haben. Nur, ob es Freund oder Feind war, konnte sie nicht aus seinem Verhalten ablesen. Die Unruhe wuchs.

Mit genau so wildem Gekreische stürzte sich Paul am Ziel seines Fluges vom Himmel und erschreckte die Reisenden. Bernhard erkannte ihn als Erster. Schmunzelnd hielt er ihm den Arm als Landehilfe entgegen.

Paul krallte sich fest, um dem Ritter den Schnabel unters Kinn zu stecken, wie immer, wenn er besonders glücklich war.

„Zu Hause ist doch hoffentlich alles in Ordnung?", fragte Bernhard mit bangem Herzen.

„Krahhh, krahhh, krahhh!", bestätigte Paul, was überaus zufrieden klang. Im nächsten Augenblick hob er wieder ab und segelte über den Bergkamm davon, um Rosalie Kunde zu bringen.

„Ich glaube, wir werden erwartet!", strahlte Bernhard.

„Ein unglaublicher Vogel", lobte Anna, die sich sehr darauf freute, wieder Zeit mit Paul zu verbringen.

Rosalie stand noch immer an der Brücke und starrte in den Himmel, dahin wo Paul verschwunden war. Wenige Minuten später landete Paul auf dem Brückengeländer, führte einen regelrechten Indianertanz auf, spreizte die Flügel, hüpfte, keckerte wie eine Elster und tippte immer wieder Rosalie an.

„Wenn ich dich nur verstehen könnte!", rief sie. „Was ist da hinter den Bergen?"

„Krahhh, krahhh, krahkrahkrah!", spektakelte Paul, mit dem Schnabel auf das Geländer klopfend.

Rosalie stutzte. Es klang wie Hufschlag. „Du hast Pferde gesehen?", fragte sie.

„Krahhh, krahhh, krahhh!" Dabei nickte der Rabe ganz heftig.

Rosalie legte mehrere Kieselsteine auf das Geländer, die Paul mit schief gelegtem Kopf betrachtete. „Pferde!", sagte Rosalie mit dem Finger auf die Steine zeigend. Sie wusste, dass Paul Stückzahlen miteinander vergleichen konnte. Aber ob er es auch tun konnte, wenn die Menge X nicht zugegen war? So wiederholte sie noch einmal: „Pferde."

Paul begann Steine hinunterzuwerfen, bis nur noch fünf übrig waren. Dann drehte er sich einmal um seine Achse, als wolle er nachschauen und warf schließlich noch einen Kiesel auf den Boden. „Krahhh!"

„Vier? Vier Pferde? Oh, mein Gott! Wer mag das sein?" Rosalie rang die Hände.

Paul flatterte zur Schmiede und setzte sich direkt auf den Amboss, wo er wieder mit dem Schnabel den Hufschlag imitierte.

Rosalie fasste sich ans Herz. „Willst du mir sagen, dass Bernhard kommt? Von da hinten?"

„Krahhh, krahhh, krahkrahkrah! Krahkrahkrah!", jubelte Paul. Na endlich hast du es kapiert.

Eine Dreiviertelstunde später konnte auch Rosalie das Trappeln von Hufen vernehmen und spähte aufgeregt flussaufwärts. Wenn Paul recht hatte, dann mussten gleich die Männer und hoffentlich auch Anna und Vincenzo auftauchen.

„Sie sind es! Sie sind es! Und sie haben tastsächlich vier Pferde!" Rosalie schnappte sich den gefiederten Späher und eilte, ihn im Arm, den Reitern entgegen. Paul gab zufrieden glucksende Töne von sich, obwohl er heftig erschrocken war, als sie ihn einfach mit sich fortgerissen hatte.

Bernhard sprang vom Pferd, küsste Rosalie und schwenkte sie überglücklich im Kreis, ehe sie Anna, Vincenzo und Antonio begrüßte. Dann hob er sie in den Sattel seines Braunen, den er bis zur Mühle führte. Paul, der es geschafft hatte, sich zu befreien, hockte auf Bernhards Schulter und genoss den Triumphzug. Denn nichts anderes konnte es sein, bei so vielen strahlenden Gesichtern.

Ehe Rosalie irgendetwas anderes machte, brachte sie Paul ein ansehnliches Stück Käse, welches sie ihm vor versammelter Mannschaft überreichte. „Das hat er sich redlich verdient." Sie berichtete, wie er ihr von Bernhard und den vier Pferden *erzählt* hatte.

Antonio brachte seine Habe in die Scheune, um seine Kammer Anna mit dem Baby zu überlassen. Die wertvollen Dinge verwahrte inzwischen Rosalie in einer Truhe. Bernhard versorgte die Pferde, während Antonio Wasser und Holz holte, damit Rosalie ein schmackhaftes Essen bereiten konnte. Aus Rüben, Fleisch, Gemüse und Kräutern zauberte sie einen Eintopf, den sie mit reichlich Eierflocken verfeinerte. Dazu gab es frisches Brot, denn sie hatte am Vortag gebacken.

Für Vincenzo zerdrückte Anna das weiche Gemüse und rührte ein wenig Ziegenmilch unter, bis alles einen glatten Brei ergab, den der Kleine mit großem Appetit verschlang, wobei er nach jedem Löffelchen den Mund gleich wieder ganz weit aufmachte, damit auch sofort Nachschub kam.

„Er weiß, gute Kost zu schätzen", lachte Bernhard und fragte im nächsten Augenblick: „Wo hast du die Milch gekauft?"

„Bei unserer Maxi", schmunzelte Rosalie. „Ich konnte sie überzeugen, dass ihre Zicklein nicht verhungern, wenn sie mir ein kleines Krüglein voll abgibt."

„Oh, wir haben Zicklein", staunte Bernhard.

„Und acht Hühnerküken", fügte Rosalie hinzu. „Zehn waren es, bevor Fuchs und Marder kamen."

Bernhard schaute zu Paul, der leise mauzende Töne von sich gab, als fühle er sich verantwortlich für den Verlust.

Rosalie streichelte Paul. „Er hat wie ein Bär gekämpft. Gegen zwei Raubtiere bestand kaum eine Chance. Als ich den Lärm hörte, haben wir uns zusammengetan – Paul hat den Marder erledigt, ich den Fuchs. Die Pelze habe ich gerade heute zum Gerben vorbereitet."

„Gut gemacht!", lobte Anna, Paul ein Restchen Brot zusteckend, das er sofort in sein Versteck auf dem Regal trug, um es später zu verspeisen.

„Bei uns war es auch nicht langweilig", schmunzelte Bernhard und begann zu erzählen.

„Die Idee mit dem Fass war jedenfalls einsame Spitze!" Anna nahm Rosalies Hände, um sie dankbar zu drücken. „Hier, bei euch, fühle ich mich wirklich sicher. Da ist mir auch nicht bange, wenn es ein paar Tage länger dauert, bis Luciano wieder nach Hause kommen kann."

Rosalie nickte erfreut. „Erzählt mir bitte noch einmal, wie ihr zu den beiden neuen Pferden gekommen seid. Ich kann es irgendwie noch gar nicht fassen. Vor allem werden wir ja noch einen neuen Stall brauchen!"

„Darüber mache dir keine Sorgen", schlug Anna vor. „Wenn wirklich alles gut geht, kümmere ich mich persönlich darum. Wer uns hilft, ohne je nach Bezahlung zu fragen, der soll es nicht umsonst getan haben." Sie umarmte Rosalie, die vor Rührung feuchte Augen bekam.

Vincenzo begann unruhig zu werden und Paul kam heran, um den Kleinen von Nahem anzuschauen.

„Du musst gut auf das Baby aufpassen", schärfte Rosalie ihrem treuen Raben ein.

„Krahhh!", machte Paul mit schief gelegtem Kopf und zupfte an Vincenzos Decke. „Krahhh, krahhh!" Dabei wippte er mit dem ganzen Körper. Na klar, werde ich aufpassen, sollte das heißen.

Anna ging mit dem Kleinen zeitig zu Bett. Die Strapazen des Rittes hatten ihr arg zugesetzt. Rosalie kümmerte sich mit den Männern um Haus und Hof, stellte ihnen die Zicklein vor und bat sie, in den nächsten Tagen einige Reparaturen vorzunehmen.

Nachts kuschelte sie sich in Bernhards Arme. „Ich bin so stolz auf dich! Du verdienst es wirklich, Ritter genannt zu werden."

Dieses Lob war ihm mehr wert, als andere überhaupt ermessen konnten. Wenn er so über sich und das Schicksal nachdachte, dann war es ihm auch völlig egal, ob ihm Rosalie einen Sohn gebären werde. Das Wichtigste war, dass Mutter und Kind überlebten. Mit angenehmen Gedanken schlummerte Bernhard schließlich ein.

Mit dem ersten Hahnenschrei fuhren alle aus dem Schlaf auf. Selbst Paul brummelte missmutig vor sich hin. Da hatte es Vincenzo besser, der durfte nämlich weiterschlafen.

„Merkwürdiges Vieh, dieser Hahn", murmelte Rosalie. „Sonst lässt er sich von den ersten Vögeln wecken, heute geht das Spiel andersherum. Man sieht ja noch nicht mal die Hand vor Augen."

„Vielleicht hat er ja schlecht geträumt", grinste Antonio.

„Noch so eine Aktion und ich zeige ihm die Bratpfanne! Aber von innen und gut gewürzt", schwor Rosalie, worauf die anderen in herzhaftes Lachen ausbrachen.

Paul inspizierte schon mal die Holzvorräte neben dem Herd, worauf das Gelächter erneut aufflammte. Besonders Anna hatte schon lange nicht mehr so viel Spaß gehabt. Sie genoss Rosalies flotte Sprüche.

„Erzählst du manchmal noch Geschichten?", fragte sie.

„Ja. Es kommen jetzt auch Leute, die früher Angst vor den *pipistrelli* hatten. Seit der Admiral offiziell hier war, sich für die beiden interessiert und nichts gegen sie und uns unternommen hat, ist das abergläubige Gerede zwar nicht ganz verstummt, aber deutlich leiser geworden. Andere tragen ja sogar einen Drachen im Wappen. Was ist dagegen schon ein winziges Fledermäuschen?" Rosalie blinzelte vergnügt.

„Gibt es Drachen wirklich?", überlegte Bernhard laut.

„Das ist die Frage aller Fragen", erwiderte Rosalie. „Ich habe noch keinen gesehen, die Leute hier haben noch keinen erspäht und du in deinem alten Leben auch nicht."

„Das heißt aber nicht, dass es sie nicht gibt", rief Bernhard sofort. „Ich hatte, bis ich hierher kam, auch noch nie ein Meer gesehen. Trotzdem ist es da und es ist größer als ein Drache."

„Ich hoffe trotzdem, dass ich keinem begegne", seufzte Rosalie. „Es gibt schon genug kleine Tiere, die nicht ungefährlich sind."

„Stimmt. Wildschweine und Bären." Bernhard betastete unbewusst die Stelle, wo ihn der Keiler fast tödlich verletzt hatte.

„Krahhh, krahhh!", rief Paul.

„Ja, du hast recht, auch Füchse und Marder", blinzelte Rosalie. „Das erinnert mich daran, dass ich die Hühner langsam ins Freie lassen sollte."

Alle erhoben sich, um dem Tagwerk nachzugehen. Anna räumte das Geschirr in den Abwaschzuber, so wie sie es als Magd immer getan hatte. Die Männer brachten Pferde, Esel und Ziegen zu ihren Gattern, misteten aus und begannen mit der Ausbesserung schadhafter Stellen an den Ställen. Rosalie molk die Ziege, um Vincenzo einen vernünftigen Brei kochen zu können, denn dem Kleinen sollte es an nichts fehlen. So zerkleinerte sie mit einem Handmahlstein Gerstenkörner zu Grieß, was Anna sehr genau beobachtete.

„Den essen auch wir Großen gern", verriet sie. „Ich musste nur erst herausbekommen, ihn ohne Zucker schmackhaft zubereiten zu können. Besonders mögen ihn die Männer etwas gröber in der Suppe mit Eierflocken. Weizengries habe ich zwar lieber, aber man muss halt nehmen, was man gerade bekommen kann."

„Das ist hier im Tal bestimmt auch schwieriger, als bei uns in der Stadt", pflichtete Anna bei. „Mit den großen starken Pferden kannst du doch nun sicher auch zu weiter entfernten Märkten reiten und einkaufen."

„Das lasse ich vorerst die Männer machen", erwiderte Rosalie. „In ein paar Monaten haben wir auch Nachwuchs und ich werde vielleicht sogar wieder eine Magd brauchen, die mir ein bisschen hilft."

„Ein Baby? Aber das ist ja wundervoll!" Anna umarmte Rosalie ganz fest. „Vincenzo wird eines

Tages vielleicht der große Beschützer für euer Kleines werden."

„Das wäre wundervoll, wenn sich die Kinder miteinander vertrügen", hoffte Rosalie. Sie spähte nach dem Fischspeer. „Kommst du mit zum Fluss? Ich habe Appetit auf Forellen."

Anna band Vincenzo ins Tragetuch und folgte Rosalie zur Brücke. Paul setzte sich auf einen nahen Baum, um zuzuschauen, weil Rosalie immer schimpfte, wenn er ihr mit seinem Herumgehopse auf dem Geländer die Fische verscheuchte.

Anna staunte immer wieder, wie schnell es ging, dass zwei große Forellen im Korb lagen. Die reichten ganz bestimmt für vier Personen, denn es gab stets reichlich Beilagen. Diesmal frittierte Rosalie gesalzene dünn geschnittene Rübenscheiben, über welche sie gehackte Kräuter gab. Kartoffeln kannte Europa noch nicht. Da mussten bald noch 200 Jahre vergehen, wenn die Geschichtsbücher stimmten. Statt Pommes gab es bei Rosalie halt *Rübes*, wie sie die in Öl gesottenen Stäbchen liebevoll nannte.

Weil die Ziege nun Milch gab, bereitete Rosalie auch *Armer Ritter*. Den gab es jetzt hin und wieder, wenn Brot hart geworden, es aber zu schade zum Verfüttern war. Sie verquirlte Milch und Ei, weichte die Brotscheiben eine Weile darin ein und briet sie anschließend in etwas Öl von beiden Seiten goldgelb an. Zwar machte man das Original aus Weißbrot oder Semmeln, aber in der Not fraß selbst der Teufel Fliegen. Und der hätte sich nach Rosalies Kreationen alle zehn Finger abgeleckt. Anna schmeckte das arme Leute Essen ausgezeichnet. Jeden Tag eine warme Mahlzeit war selbst für besser betuchte Ritter ein gewisser Luxus.

Am Abend, nach getaner Arbeit, saßen alle auf den Bänken unterm Fenster und unterhielten sich. Paul hockte meist zwischen Rosalie und Anna, die Vincenzo im Tragetuch hatte, weil er auf beide gleich gut aufpassen wollte.

Heute störte immer lauter werdender Hufschlag die Stille. Bernhard und die Frauen wechselten einen kurzen Blick und huschten zum Haus. Paul blieb bei den Männern. Er war viel zu neugierig darauf, wer zu so später Stunde durch das Tal ritt.

Es waren drei Männer mit zwei Packpferden, die an der Brücke hielten, als sie Bernhard und Antonio gewahrten. Aus der Nähe betrachtet, schienen es Händler zu sein.

„Wisst Ihr, ob der Weg nach Apricale sicher ist, meine Herren?", fragte der Anführer.

„Ich habe nichts anderes gehört", erwiderte Bernhard. „Der einzige Unruheherd ist Sanremo mitsamt der Uferstraße kurz davor."

„Ja drum!" Wir sind Kaufleute und werden in Apricale erwartet, von wo aus man uns sicher geleiten will."

„Da reitet Ihr ausgerechnet nachts, wo Hufschlag in der Stille noch viel weiter zu hören ist?", staunte Bernhard.

„Der Admiral hat mich deshalb auch schon einen Esel genannt", erklärte der Wortführer kleinlaut.

Bernhard begann schallend zu lachen. „Vielleicht hat er Euch ja auch die Mühle genannt, wo Ihr um Rat fragen sollt."

Ein sehr verschämtes Nicken, worauf sogar Antonio den Mund zu einem breiten Grinsen verzog, und ehe Bernhard vielleicht die Geduld verlöre: „Wir sollen um Begleitung bis Apricale bitten."

„Sattel mein Pferd!", bat Bernhard Antonio. Und an die Kaufleute gewandt: „Einen Moment, gleich bin ich bereit."

Er lief gemessenen Schrittes zum Haus, um den Frauen Bescheid zu geben und sich standesgemäß umzukleiden. „Antonio bleibt zu eurem Schutz hier", legte er fest.

In voller Rüstung und Bewaffnung stieg er schließlich aufs Pferd. Die Kaufleute bekamen riesengroße Augen. Deshalb hatte ihnen der Admiral ans Herz gelegt, die Mühle aufzusuchen!

„Ihr habt Glück, dass zunehmender Mond ist", sagte Bernhard im Vorbeireiten, „sonst wäre es ein halsbrecherisches Unterfangen." Er setzte sich an die Spitze der Karawane, um die ortsunkundigen Männer zu leiten. Das gestickte Wappen auf seinem Umhang schimmerte im Mondlicht, es flößte den Fremden Sicherheit und Vertrauen ein. Auch, dass er nicht nach den Waren fragte, die sie transportierten, beruhigte die Männer. Der Herr der Burg schien die Redlichkeit seines Ritters hoch zu schätzen, sonst hätte er ihnen nicht dessen Begleitung empfohlen.

Bernhard führte die Händler zu einem Lagerplatz, wo vier Bewaffnete an einem Feuer saßen und schon Ausschau hielten. Weil kein Lohn ausgehandelt worden war, übergab der wortführende Händler ein ansehnliches Säckchen Salz an Bernhard, für dessen Wert er sie glatt bis ans Meer geführt hätte.

Nun kehrte er heim, wo er mit einem Kuss und und einem Jubelschrei empfangen wurde. Das wertvolle Salz verwahrte Rosalie in ihrer Truhe.

Viele Gründe, um zu feiern

Am nächsten Tag näherte sich wieder ein Reiter von Isolabona her der Mühle – Oberto Doria, der neugierig war, ob er die Händler nicht umsonst hierher geschickt hatte. Die Turmwachen hatten schließlich immer noch nicht die Rückkehr von Bernhard und Antonio gemeldet und er machte sich schlicht Sorgen, weil so schon so viele Wochen um waren.

„Ach, schau an!", rief er, vom Pferd springend. „Da haben sie eine schwierige Mission erfüllt und kein Sterbenswörtchen verlauten lassen! Leider habe ich noch keine Nachricht von Luciano." Er begrüßte die vier Erwachsenen, streichelte Vincenzo und natürlich auch Paul, der mit erfreutem Krächzen antwortete. „Jetzt sagt nicht, Ihr seid mit dem Wagen über Apricale gereist!"

Rosalie füllte die Becher der Männer mit Bier, für sich und Anna mit kaltem Kräutertrank, dann begann Bernhard zu erzählen. Auch von der nächtlichen Tour mit den Händlern.

„Ich habe ihn sogar einen großen Esel genannt", schmunzelte Oberto. „Ich habe aber nicht geahnt, dass Ihr selber zu Hause seid. Eure Frau hätte ihnen bestimmt auch guten Rat gegeben."

„Zumindest den, im sicheren Bereich auf dem Mühlenufer bis zum Morgen zu lagern", erklärte Rosalie.

„Haben sie Euch ordentlich bezahlt?", wollte Oberto wissen.

„Mit einer nicht unbedeutenden Menge Salz", sagte Bernhard.

„Dann war es angemessen", verriet Oberto. „Sie tragen außergewöhnlich viel Gold und Edelsteine bei sich."

„Ich habe nicht danach gefragt, denn mein Risiko wäre in jedem Fall das Gleiche gewesen", erwiderte Bernhard abwinkend. „Geahnt habe ich schon, dass es besonders Wertvolles sein musste, sonst wären sie nicht mitten in der Nacht weitergezogen. Ich hatte ja auch entschieden, mit Anna und dem Kleinen im Schutz der Dunkelheit das Weite vom unruhigen Sanremo zu suchen."

Der Admiral rieb sich zufrieden die Hände. „Meine Ritter machen sich jedenfalls überall einen guten Namen. Handelsleute sind die Ersten, die es weitertragen, wenn Straßen sicher sind und Hilfe gewährt wird." Er ließ den Blick schweifen, taxierte die vier Pferde und bat dann Rosalie: „Ihr habt doch immer Papier und Tinte im Haus, meine Liebe, seid so gut, mir ein Blatt und die Feder zu geben!"

Dankend nahm er es entgegen, um schwungvoll einige Sätze zu schreiben, die er mit Namen und Datum unterzeichnete. „Nun ist der Ritter vom Erlenwald zur Nutzung des Landes bis zum Felsen da hinten berechtigt und zahlt weder Pacht noch Steuern. Dafür hat er für die Sicherheit auf den Straßen zwischen Isolabona und Apricale zu sorgen. Ein fairer Handel, denke ich." Er drückte Bernhard die Urkunde in die Hand.

Das sahen die anderen ganz genau so. Nun gab es genug Wiesen, um Heu für den Winter zu machen, das all den Tieren das Überleben sicherte.

„Ihr werdet anbauen müssen", schmunzelte der Admiral.

„Ganz sicher müssen wir das", bestätigte Rosalie. „Nicht nur für die Pferde, sondern auch für einen Knecht und eine Magd."

Ehe der Burgherr äußerst zufrieden mit dem Lauf der Dinge nach Hause ritt, ließ er sich noch von Bernhard seinen Dolch schärfen. Denn mit dessen Meisterschaft konnte keiner seiner Leute mithalten. Rosalie überreichte ihm noch ein Krüglein ihres besten Olivenöls, als Dank für die großen Ehren, die ihrem Gatten zuteilgeworden waren.

„Ich denke, der junge Mann, der jedes Jahr bei der Olivenernte hilft, wäre nicht abgeneigt, für immer hierzubleiben", überlegte Rosalie laut und die Männer stimmten zu.

Man kannte sich, und es hatte nie Grund zur Klage gegeben. Er packte von allein überall mit zu und man musste ihm nichts zig Mal erklären. Auch war er immer sehr traurig gewesen, wenn die Saison endete und es nichts mehr zu verdienen gab. Woanders hatte man den schmächtigen Jungen nicht als Knecht haben wollen, weil man ihm nichts zutraute.

„Wollt ihr bis zur Saison warten oder soll ich lieber gleich nach Isolabona reiten, ehe ihn uns jemand vor der Nase wegschnappt?", fragte Antonio.

„Reite los!", rief Bernhard.

„Meinen Segen hast du auch", fügte Rosalie hinzu.

Mit breitem Lächeln sattelte Antonio seinen Braunen und trabte, den Hut zum Abschied schwenkend, über die Brücke. Anna konnte bestens verstehen, warum Luciano und Oberto so große Stücke auf Bernhard hielten. Er traf Entscheidungen, ohne sich tagelange Bedenkzeit auszubitten.

Vincenzo begann zu weinen und der Rabe kam heran, schaute den Kleinen mit schief gelegtem Kopf an, dann machte er dessen Töne täuschend echt nach. Hin und wieder schien er lachen zu müssen, denn es folgte immer mal ein elsternähnliches Keckern, wobei er mit dem ganzen Körper wippte. Anna schüttelte amüsiert den Kopf.

Bernhard nutzte den Tag, um endlich wieder in seiner geliebten Schmiede zu arbeiten. Die Frauen inspizierten die Olivenbäume, zupften Heilkräuter für Salben und Tees, wobei sie Paul tatkräftig unterstützte. Der hatte sich aus unerfindlichen Gründen auf Schafgarbe spezialisiert und Rosalie gönnte ihm den Spaß von ganzem Herzen. Die erwachsenen Ziegen waren zwischen den Bäumen angebunden, aber so, dass sie keinen Schaden anrichten konnten.

„Die haben wirklich nur Dummheiten im Kopf", kicherte Rosalie. „Die Kleinen müssen leider auch bald an die Kette. Ich habe sie letztens auf den Ölbäumen erwischt, was nicht wirklich witzig ist."

Die beiden Esel trabten Seite an Seite am Ufer entlang. Ihnen lag nichts daran, aus ihrem Schlaraffenland auszubüxen.

Zwei Stunden später kam Antonio zurück. Auf Bernhards fragenden Blick riss er einfach die Siegerfaust in die Höhe und bekam ein anerkennendes Schulterklopfen als Antwort.

„Die beiden verstehen sich wirklich wortlos", lachte Anna. „Wenn ich alles richtig deute, wird demnächst euer neuer Knecht kommen."

„Im Augenblick klingt es eher, als näherten sich mehrere Fuhrwerke", murmelte Rosalie, die Ohren spitzend.

Antonio hatte die Worte gehört. „Es heißt, es seien heute Morgen Wagen und Reiter auf die Burg gezogen. Es weiß nur noch keiner, wer sie sind. Sie haben auf den Admiral gewartet, als er gerade bei uns zu Gast war."

„Hoffentlich sind es Lucianos Leute", flüsterte Anna, die die Ungewissheit plagte.

Was sich auf der Straße näherte, war am Ende nur ein Wagen, begleitet von mehreren Reitern, aber er sorgte für helle Freude.

Leonardo war mit seiner wenigen Habe zu Fuß zur Mühle aufgebrochen, nachdem es auch seine Eltern für angebracht befunden hatten, sofort den Dienst anzutreten, bevor sich Herr Bernhard vielleicht einen anderen Knecht nähme. Auf halber Strecke überholten ihn die Berittenen mit dem Wagen und der Anführer fragte, wohin er unterwegs sei.

„Zur Ölmühle, um dort als Knecht zu arbeiten", hatte Leonardo wahrheitsgemäß geantwortet.

„Dann steig auf den Wagen!", rief ihm der edel gekleidete Reiter zu und Leonardo gehorchte.

Rosalie schüttelte belustigt den Kopf, als ihr Luciano, denn niemand anders war der hohe Herr, der den Zug anführte, ihren neuen Knecht mit dem Wagen auf den Hof brachte. „Das nenne ich zünftigen Dienstantritt", lachte sie und hieß alle willkommen.

Anna flog ihrem Mann jubelnd in die Arme, der sich sofort sein Söhnchen schnappte und es ausgiebig herzte. Paul saß auf dem Schleppdach der Schmiede und krächzte aufgeregt. Admiral Doria hatte Luciano schon die neuesten Informationen weitergegeben, sodass Luciano nun gezielt nach den Details zu einigen Begebenheiten fragte.

Inzwischen hatte Leonardo seine Feuertaufe bei der Bewirtung der Gäste. Da er sich in der Mühle bestens auskannte, meisterte er diese Hürde mit Bravour. Luciano war sofort im Bilde, warum Rosalie und Bernhard dem schmächtigen Burschen zu einer festen Einnahmequelle verholfen hatten. Er war geschickt und zuverlässig. Auf den leisesten Wink von Antonio war er zur Stelle, um zuzufassen. Luciano machten den Test mit einer Münze als Trinkgeld und stellte fest, dass Leonardo diese sofort zu Bernhard brachte, der sie ihm mit einem Schulterklopfen überließ.

„Er hat seit Jahren zuverlässig während der Ernte geholfen", erzählte Rosalie schließlich. „Deshalb war er auch unsere erste Wahl. Nun fehlt uns nur noch eine Magd. Da eine gute zu finden, wird schwierig werden. Zumindest hier im Tal."

„Suchen wir eben woanders", blinzelte Luciano Anna zu, als er am nächsten Morgen mit seiner kleinen Familie nach Hause reiste. „Zuerst kümmere ich mich aber, dass die Mühle einen neuen Stall und Gesindekammern bekommt. Und vielleicht sogar eine Gästeunterkunft, denn ich werde euch bestimmt wieder dort in Sicherheit bringen müssen. Oder für eine zünftige Jagd mit Bernhard selber unterschlüpfen."

In der Mühle zog indes der Alltag ein. Antonio nahm seine Kammer wieder in Besitz und Leonardo machte es sich in der Scheune gemütlich, lernte, mit eine Sense mähen, und kümmerte sich bald völlig selbstständig um das Heu. Die Ballen lud er den Eseln auf, um nicht wie ein Irrwisch hin und her laufen zu müssen. So bekam er zwei richtig große Ladungen mit einem Mal ins Trockene. Nach der nächsten Mahd, spannte er Nino vor den kleinen Wagen und konnte noch effektiver arbeiten.

Rosalie dachte sofort weiter: „Wenn Oberto uns die Mühle zu einem Vorposten ausbauen lassen will, wie es ganz den Anschein hat, dann wird Leonardo eines Tages vielleicht Vorarbeiter für die Tierhaltung werden." Antonio nickte kaum merklich. Das wäre in der Tat eine günstige Fügung.

Jetzt, wo drei Männer auf dem Hof anpackten, konnte Rosalie ihr Augenmerk wieder mehr auf die Gewürzkräuter, Tees und eingelegten Oliven richten, die gutes Geld einbrachten. Antonio zog alle zwei Wochen mit randvoll beladenem Eselskarren los und kam mit einem Beutel Geld und eingetauschten Waren zurück. Die Kiste für das Altmetall enthielt auch immer ein paar Kleinigkeiten, sodass Bernhard neu schmieden oder reparieren konnte, was ihm die Dorfleute in Auftrag gaben.

Zur Olivenernte kamen diesmal vor allem halbwüchsige Helfer, die insgeheim hofften, so eines Tages auch eine Anstellung bei Ritter Bernhard zu finden. Erstaunt nahmen sie von Leonardo die Anweisungen entgegen, der die Pflücker einteilte und die beiden Esel die schweren Körbe zu den Bottichen tragen ließ, wo sie ihnen Antonio und Bernhard abnahmen und ihnen leere Körbe umhängten. Dann schütten beide Männer die Oliven gemeinsam aus, weil es kraftsparender war. Am Ende zahlte Antonio die Helfer aus. Dass sie bei der nächsten Ernte wieder erschienen, war keine Frage.

Als wäre es abgesprochen gewesen tauchten zwei Tage später Handwerker auf, die erklärten, die Spinola hätten sie geschickt. Bernhard ging mit ihnen über das Grundstück und bald stand fest, wo der massive Stall mit dem Obergeschoss entstehen sollte. Antonio fand durch geschicktes Fragen heraus, dass mit *Spinola* nicht allein Lucianos Familie gemeint war, sondern vielmehr der Clan, hinter dem Annas gut betuchter Vater stand und die Fäden zog.

„Manche Dinge fügen sich wirklich von allein", staunte Bernhard, als noch am selben Tag mehrere Wagenladungen Steine herangekarrt wurden. „Da machen wir uns Gedanken, wie wir im Winter die Tiere unterbringen sollen und andere haben es schon durchgeplant."

Antonio und Leonardo beeilten sich, die Gatter der Ziegen und Pferde zu versetzen, um den Bauleuten Platz zu machen. Paul hockte, wie meist, auf dem Schleppdach der Schmiede und beobachtete das bunte Treiben argwöhnisch.

Rosalie tippte Bernhard an. „Kannst du dich an meine Worte vom Vorposten erinnern? Mir ist gerade noch ein ganz anderer Gedanke gekommen – unsere Mühle soll für Anna und Vincenzo ein Zufluchtsort werden, wenn Luciano sie wieder allein lassen muss."

„Klingt wahrscheinlich", meinte Bernhard. „In jedem Fall ist es gut für uns."

„Solange wir nicht durch irgendwas in Ungnade fallen", murmelte Rosalie. „Davor ist man in keiner Zeit gefeit."

Er zog sie tröstend an sich. Sorgen machte er sich wegen der Fledermäuse, seit ihm Rosalie erklärt hatte, weshalb man den Tieren hier mit solcher Scheu begegnete. „Wie alt werden die überhaupt?"

„Ein Wunder, dass die überhaupt noch leben!", rief Rosalie. „Wobei sie in Gefangenschaft bis 30 Jahre alt werden könnten. Aber die beiden fliegen ja frei herum."

Diesmal musste Bernhard grinsen. „Du hast sie ja auch mehr als ein Mal wieder aufgepäppelt."

„Stimmt." Rosalie hob hilflos die Hände. „Ich würde es sicher wieder tun. Wobei ich bei Pauline nicht sicher bin, ob es große Wirkung zeigt. Sie kann ja jetzt schon nicht mehr richtig fliegen und in absehbarer Zeit wird ihr irgendein Tier den Garaus machen."

Manchmal glaubte Bernhard, Rosalie habe nicht nur wegen ihrer Abstammung aus der Zukunft die Gabe der Voraussicht. So auch am Abend nach diesem Gespräch – Pauli, die Mittelmeerhufeisennase, kehrte ohne Pauline von der Jagd zurück. Ein paar Tage später blieb auch Pauli weg. Ob er gefressen worden war, oder sich wegen Einsamkeit anderen Artgenossen angeschlossen hatte, werde wohl ewig ein Rätsel bleiben.

Zeit, um lange darüber nachzudenken, blieb auch nicht, denn es gab genug Tiere auf dem Hof, die gut versorgt werden wollten. Sorgenkind Nummer eins, der kleine Ziegenbock. Hierbleiben konnte er nicht, kaufen wollte ihn niemand und so mussten sie ihn schlachten, solange sein Fleisch nicht den strengen Bocksgeschmack angenommen hatte. Drei Hähnchen landeten am Bratspieß, während die jungen Hennen erste Eier legten. Die Speisekammer war immer wohlgefüllt.

Leonardo saß oft andächtig vor seinem Teller, ehe er zu essen begann. Zu Hause hatte es an manchen Tagen gar nichts gegeben, weil das Geld nicht für drei Personen gereicht hatte und an hohen Feiertagen waren zwei winzige Mahlzeiten purer Luxus gewesen. Bei Rosalie gab es stets etwas, womit man sich den Magen füllen konnte. Eine Mahlzeit war fast immer warm oder es gab heißen Kräutertrank, um sich aufzuwärmen und Brot einzutunken.

Nach ein paar Tagen regelmäßigen Essens, bemerkte Leonardo selber, dass ihm die Rippen nicht mehr fast durch die Haut stachen. Wie leicht ihm plötzlich manche Arbeiten fielen, weil sich an den Oberarmen etwas abzeichnete, das er als Muskeln identifizierte. Keiner würde ihn jetzt mehr als untauglich abweisen. Als die breiter werdenden Schultern sein altes Hemd sprengten, schenkte ihm Rosalie ein neues.

Jeden Sonntag durfte er sich einen Esel ausleihen, um seine Eltern zu besuchen. Meist packte ihm Rosalie noch Eier oder ein Brot ein, weil sie wusste, dass er ihnen einen großen Teil seiner Ersparnisse brachte.

Der neue Stall für Pferde und Esel war im Spätsommer fertig geworden, Leonardo aus der Scheune in eine feste Kammer umgezogen. Als die Ernte der schwarzen, also vollkommen ausgereiften Oliven abgeschlossen war und das Öl in den Krügen zum Verkauf stand, bereitete Rosalie auch wieder die Geschichtenabende vor.

Antonio legte sich Holz zum Schnitzen bereit, Bernhard einen Dolch, in dessen Griff er Blüten eingravieren wollte, Rosalie Stricknadeln und Wolle. Leonardo kratzte sich am Kinn. Schließlich fasste er Mut und bat um die Haut des Ziegenböckchens, die beim Gerben fleckig geworden war und unbeachtet auf dem Speicher lag, und um ein scharfes Messer. Ein kurzer Blickwechsel zwischen Rosalie, Bernhard und Antonio, dann durfte sich Leonardo die Objekte seiner Begierde holen.

Sie hatten gerade alle Arbeiten auf dem Hof beendet, als die ersten Gäste eintrafen. Heißer Tee stand bereit, frisches Brot, eingelegte Oliven, gekochte, geschnittene Eier und Leute aus den beiden Siedlungen trugen Ziegenkäse, Schinken und getrockneten Meeresfisch herbei.

Bernhard schaute mehrmals besorgt zu Rosalie, die seit ein paar Stunden ungewöhnlich blass aussah und ständig die Sitzposition wechselte. Auch Paul, der auf ihrem Schoß hockte und die passenden Geräusche zu den Geschichten machte, tupfte sie mehrfach mit dem Schnabel an, als wolle er sich vergewissern, dass alles in Ordnung sei.

Er blieb auch bei ihr sitzen, als sie zu stricken begann, obwohl er liebend gern aus der Nähe bei Leonardo zugeschaut hätte. Der schnitt nämlich gerade superdünne lange Streifen aus dem Leder, indem er es spiralförmig zuarbeitete. Als die Hälfte des Balgs geschnitten war, schien er zufrieden zu sein, legte mehrere der Streifen nebeneinander, verknotete sie nach etwa 20 Zentimetern kunstvoll und begann zu flechten.

Rosalie ließ ihr Strickzeug sinken und auch die Männer hielten inne, um zuzuschauen. Leonardo schien es nicht zu bemerken, er werkelte konzentriert an seinem Kunstwerk, das immer mehr die Form eines Gürtels annahm.

Am Ende des Abends verknotete er den Abschluss genau wie den Anfang, sodass man an den Gürtel mittels der losen Lederschnüre zubinden konnte. Er prüfte ihn eingehend, brachte die Schnüre auf exakt die gleiche Länge, ehe er ihn Rosalie hinhielt. „Der ist für dich! Wenn ... wenn ... wenn das Baby da ist, passt er ganz bestimmt." Leonardo wurde feuerrot bis in die Haarspitzen.

Rosalie dankte ihm hocherfreut. Das Zusammenspiel der hellen und dunklen Areale ließ den Gürtel fast wie eine blasse Schlangenhaut aussehen. Ein wirklich hübsches Stück.

Um die Tageswende gingen die Gäste gemeinsam mit Laternen durch das stille Tal nach Hause, die Mühlenbewohner räumten auf und Rosalie fiel wie ein Stein ins Bett, ohne jedoch Ruhe finden zu können.

Bernhard im Glück

Mitten in der Nacht warf Bernhard Antonio aus dem Bett, mit der Bitte, heißes Wasser zu bereiten, ein paar Kamillenblüten hinein zu werfen und ihm einige frische Tücher zu bringen. Antonio fachte Feuer an, hängte den vollen Wasserkessel über die Flammen und suchte das Übrige zusammen, was Bernhard hatte haben wollen. Es dauerte eine ganz Weile, bis ihm dämmerte, dass Rosalie in den Wehen liegen musste.

Paul, von der plötzlichen Hektik überrumpelt, saß völlig konfus auf seinem Regal und gab schniefende Geräusche von sich. Zu ihm gesellte sich Leonardo, den der ungewöhnliche nächtliche Wirbel ebenfalls aufgeschreckt hatte.

„Einen Eimer, einen alten Eimer brauche ich noch!", hörte er Bernhard rufen und hastete zum Ziegenstall.

Antonio rührte gerade die Kamille ins Wasser, stellte eine große Schüssel bereit und wartete auf weitere Anweisungen. Paul flatterte auf seine Schulter und mauzte beunruhigt.

„Du wirst sehen, alles wird gut", flüsterte Antonio den Raben beruhigend streichelnd. „Wenn das Baby da ist, musst du gut darauf aufpassen. Versprichst du es mir?"

„Krahhh?", machte Paul irritiert. Er hatte doch schon versprochen, aufzupassen. Er konnte ja nicht ahnen, dass gar nicht Vincenzo gemeint war, und dass er nun auf ein *eigenes* Baby acht geben sollte.

Bernhard, vor Aufregung schweißüberströmt, holte sich die volle Schüssel, Tücher und den Eimer vor der Kammertür ab. Antonio kam nicht einmal zu einem Blickkontakt, der vielleicht verraten hätte, ob alles in Ordnung war.

Erst als Babygeschrei ertönte, atmeten alle auf. Wenig später steckte Bernhard den Kopf zur Tür heraus: „Ich habe eine Tochter!" Und gleich darauf mit drohendem Gesicht: „Wenn auch nur einer von euch ein Sterbenswörtchen verlauten lässt, dass ich Rosalie geholfen habe, mache ich ihn einen Kopf kürzer!"

Beide schworen Stein und Bein, das Geheimnis mit ins Grab zu nehmen. Antonio wusste und Leonardo ahnte, dass ihr Ritter ein Tabu gebrochen hatte. Er schickte sie auch in die Betten, um Ruhe zum Aufräumen zu haben. Nur Paul durfte auf seiner Schulter mit in die Kammer gehen und das Wunder bestaunen, das winzig und schutzbedürftig in Rosalies Armen lag.

„Krahhh, krahhh, krahhh", wisperte Paul kaum hörbar, dann gab er eine Reihe glucksende Töne von sich, die zeigten, wie erstaunt er war, und dass er nicht verstehen konnte, woher das winzige Etwas plötzlich gekommen war.

„Das ist Rosanna", verriet Rosalie. „Du musst sie besonders gut bewachen."

„Krahhh, krahhh!" Paul wippte aufgeregt mit dem Körper. Ja, ja, ich werde nicht einmal einen Käfer heranlassen.

Für die nächsten beiden Tage kommandierte Bernhard Antonio zum Küchendienst ab, denn der kochte fast so gut wie Rosalie. Leonardo war inzwischen kräftig genug, bei allen anderen Arbeiten vollwertig anzupacken. Er bekam den Auftrag, Holz aus dem Wald zu holen. Flugs warf er sich seinen einfachen Pelz über, band ihn mit einem Strick fest, spannte Matteo an und stapfte los. Es war gerade mal Ende Oktober, aber morgens empfindlich kalt, denn die Sonne brauchte lange, ehe sie die Berghänge erklommen hatte.

Leonardo sammelte Bruchholz ein, das der letzte Sturm hinterlassen hatte. Die Esskastanienbäume waren unversehrt geblieben, wie er sehr erfreut feststellte. Es konnte also auch im nächsten Jahr reichlich gekochte Früchte und Mehl geben, aus dem

Rosalie diverse Gaumenfreuden zauberte. Dann entdeckte er vereinzelte Emmerstängel am Straßenrand, in deren Ähren noch Körner steckten. Er schnitt sie ab und ließ sie in den kleinen Werkzeugbeutel gleiten.

Zu Hause zeigte er sie Bernhard, der sofort an die Fladenbrote seiner alten Heimat dachte. Deshalb brachte er Ähren und Körner zu Rosalie ans Kindbett, die sofort rief: „Das scheint Emmer zu sein!" Übermorgen bin ich sicher wieder fit, dann kümmere ich mich darum. „Lass Leonardo noch mal suchen, ob er mehr findet."

So zog der Knecht erneut los und sammelte ein, was noch zu retten war. Da die Pflanzen alle auf derselben Seite wuchsen, obwohl es die Schattenseite des Tals war, mussten die Körner einem Bauern oder Händler aus Sack oder Fass gefallen sein. Nach mehreren hundert Metern war dem Besitzer wohl aufgefallen, dass sein Behälter ein Leck hatte, denn die Spur endete abrupt. Die meisten Körner hatten sich natürlich schon Vögel oder Mäuse geholt. Leonardo kam schließlich mit einem Häufchen zurück, das in vier große Männerhände passte, nachdem er die Ähren ausgepult hatte.

Zwei Tage später nahm Rosalie tatsächlich wieder das Zepter des Hauswesens in die Hand. Rosanna trug sie in einem Tuch vor dem Körper stets bei sich und Paul blieb stets in ihrer Nähe.

„Ich habe mir gedacht", begann sie, beim Mittagessen zu erklären, „dass wir da, wo hinter dem Pferdestall die kleine Wiese ist, versuchen sollten, den Emmer anzubauen. Bernhard könnte doch einen einfachen Pflug schmieden, den ein Esel ziehen kann. Wenn wir den Handmahlstein mit einem Göpel verbinden, kann sogar ein Esel beim Mahlen des Getreides helfen. Wir hätten Graupen, Grieß und grobes Mehl zum Backen aus eigner Quelle und wären wieder ein bisschen eigenständiger in der Versorgung. Dung, damit das Getreide gut wächst, steht uns reichlich zur Verfügung. Ein Jahr Emmer, ein Jahr Brache oder Gemüse. oder das Ackerland teilen und wechselweise etwas anbauen."

Bernhard und Antonio hießen den Plan gut. Merkten aber an, dass man auch den alten Brunnen wieder freilegen müsse, weil der Fluss im Sommer oft kaum Wasser führte, das für die vielen Tiere aber unabdingbar war. Bisher habe man schließlich nur Glück gehabt, gut über die Runden zu kommen.

„Ja, das wäre ratsam, viel Gemüse braucht auch viel Wasser", gab Rosalie zu.

Eine Stunde später standen alle um den verfallenen Brunnenrand und sprachen sich ab. Zuerst sollte aus drei Baumstämmen ein Gestell entstehen, wo über eine Rolle ein starkes Seil laufen sollte, um den Eimer mit Unrat und Erde aus dem Loch zu hieven, aber auch den oder die Brunnenarbeiter hinunterzulassen.

Bernhard und Antonio zogen mit den Eseln in den Wald, während Leonardo bereits aus dem Brunnen räumte, was er von oben irgendwie erreichen konnte. Äste, Laub, Schutt und sogar Knochen türmten sich langsam um den Rand. Der viele Unrat musste hineingefallen sein, als die letzte große Mure vor vielen Jahren die ganze Mühle zerstört hatte. Nur durch Zufall hatten sie beim Anbau an den alten Stall den ehemaligen Brunnen entdeckt.

Rosanna quengelte energisch nach Milch und Rosalie beeilte sich, ihr zu geben, was sie verlangte. Zudem musste sie sich sputen, den Graupeneintopf für das Mittagsessen aufzusetzen. Vom Geschichtenabend hatte sie ein kleines Stück Rauchfleisch übrig, das nun, gewürfelt, für Geschmack sorgen sollte.

Paul saß in der Nähe des Herdes, sich die Füße wärmend. Zwar fror er nicht wirklich, aber die Annehmlichkeiten der menschlichen Behausung mochte er sehr. Ab und zu spreizte er die Flügel, damit die warme Luft ja auch den ganzen Körper erreichte.

„Alter Genießer!", schmunzelte Rosalie, ihn sacht am Schnabel zupfend.

„Krahhhahahaaaaa!", lachte der Rabe, auf das Regal fliegend, wo sich die Wärme sammelte.

„Schau! Die Männer kommen mit Bauholz. Da wird Leonardo heute Nachmittag wohl Maulwurf spielen."

Für den Augenblick bekam er von Bernhard ein anerkennendes Schulterklopfen und den gut gemeinten Rat: „Geh dich rasch waschen, Rosalie wird bald zum Essen rufen."

Bernhard selber war als Erster am Trog, um den Schmutz aus dem Wald loszuwerden. Er brachte seine dunkle Mähne und den Bart in Form, ehe er voller Erwartung und in Vorfreude auf seine beiden Frauen in die Küche trat. Kaum saß er auf seinem Platz, hatte er sein Töchterchen im Arm liegen und konnte sich an dem winzigen Wesen kaum sattsehen. Rosalie begann, die Teller zu füllen, denn auch Antonio und Leonardo kamen im Laufschritt über den Hof. Harte Arbeit macht hungrig.

Leonardo hatte kurz nach seiner Ankunft in der Mühle eigenes Besteck, also einen Löffel aus Olivenholz und ein Messer, bekommen, ohne welches ein Mann nicht aus dem Haus ging. Als Jüngster und Rangniedrigster bekam er zuletzt sein Essen, aber genau so viel wie alle anderen. Etwas, worauf Rosalie streng achtete.

„Wenn wir wissen, was mit dem Brunnen ist, bringen wir das neue Öl zur Burg", gab Bernhard Rosalie bekannt. „Dann werde ich Admiral Doria persönlich kund tun, dass ich überaus glücklicher Vater einer reizenden Tochter bin."

Als die anderen wieder an die Arbeit gingen, fragte er: „Und wie geht es dir? Du siehst noch immer etwas blass aus."

„Kein Grund zur Sorge und das meine ich ehrlich." Rosalie kuschelte sich an seine Schulter. „Es ist auch in dieser Zeit nicht alltäglich, dass Mutter und Kind die Geburt überleben. Die Sterberate ist sogar immens hoch. Ich habe noch immer Furcht, dass Rosanna in den nächsten Tagen etwas zustoßen könnte, das ich nicht beeinflussen kann."

Bernhard küsste Rosalie, strich Rosanna übers Haar: „Sag mir sofort, wenn ich irgendetwas tun muss, damit die Sorgen verschwinden."

„Sauberes Wasser ist wichtig", erklärte Rosalie. „Deshalb koche ich es für alle immer ab, wenn der Fluss fast trocken fällt, damit niemand an irgendwas erkrankt. Rosanna wasche ich auch nur mit Wasser, das vorher siedete und das immer eine Spur desinfizierenden Kräuterextrakt enthält. Was wissen wir, wer weiter oben Unrat in den Fluss kippt? Eine Quelle haben wir noch nicht entdeckt. Deshalb liegt mir auch viel daran, ob der alte Brunnen wieder Wasser führen kann."

„Das habe ich so nicht gewusst", gab Bernhard kleinlaut zu.

„Woher denn auch?", tröstete ihn Rosalie. „Ich wollte doch auch keine sinnlose Panik verbreiten, weil es bis heute in allen Jahrhunderten so war, dass man nahm, wie es kam. Erst in meiner Zeit weiß man, dass es viele Krankheiten gibt, wenn das Wasser nicht ganz sauber ist. Wir Erwachsenen halten doch auch viel mehr aus, als so ein zartes Geschöpf." Sie drückte Rosanna liebevoll an sich.

„Dann werde ich den beiden jetzt ganz schnell helfen, damit wir bald gutes Wasser haben", rief Bernhard und eilte hinaus. Er erinnerte sich daran, dass zwei Jäger aus seiner Siedlung elendiglich zugrundegegangen waren, als sie Sumpfwasser getrunken hatten, weil sie keine andere Wasserstelle gefunden hatten.

Noch etwas fiel ihm ein, worüber er sich nie Gedanken gemacht hatte – dass bei Regen auch Teile vom Misthaufen in den Fluss gespült wurden. Argwöhnisch taxierte er ihn und atmete nach einer Weile auf. Der Dung lag unterhalb des Brunnens und jeder Stelle, an der sie Wasser holten. In den beiden Siedlungen hatte man auch Brunnen, da wusch man nur die Wäsche im Fluss, so wie das auch Rosalie manchmal tat.

„Wie sieht es aus?", fragte er die Männer.

„Nicht übel", schmunzelte Antonio und zeigte auf den Baumstamm, den sich Leonardo quer über das Brunnenloch gelegt hatte. Antonio hatte mittels eines haltbaren Seemannsknotens zwei lange Seile befestigt. Das eine trug am unteren Ende einen Eimer, das andere eine Querstange, auf der Leonardo saß, emsig trockenen Schlamm aufhackte und in den Eimer schaufelte. Antonio musste die Behälter hochhieven, ausleeren und wieder hinablassen.

Bernhard grinste vergnügt: „Man merkt, dass du dich mit Schiffstechnik auskennst. So was habe ich gesehen, als uns Luciano auf den Segler eingeladen hatte."

„Fantastisch, dass du sogar solch kleine Dinge wahrgenommen hast", staunte Antonio, den nächsten Eimer abfierend.

„Ohoooooo!", hörten sie es aus der Grube murmeln.

„Was hast du gefunden?", rief Bernhard neugierig.

„Vielleicht das, was wir alle suchen! Es wird feuchter!", jubelte Leonardo.

Das merkte auch Antonio, der nur mit Bernhards Hilfe den nächsten Eimer heraufziehen konnte. Zehn Ladungen später überwog der Wasseranteil und dann war es eindeutig schlammige Brühe, die in den Eimern schwappte. Der Jubel aus drei Männerkehlen lockte Rosalie aus dem Haus.

Nach wenigen Blicken war ihr klar, dass Leonardo Schwerstarbeit leistete und sich den Tod holen konnte, käme er so pitschnass aus dem Brunnen. Jetzt, wo er von der harten Rackerei schwitzte, merkte er ja auch nicht, wie kühl es wirklich war. Rosalie flüsterte Bernhard ein paar Sätze ins Ohr, worauf er den Männern Bescheid gab, in wenigen Minuten wieder da zu sein.

Inzwischen war Leonardo in fast fünf Metern Tiefe auf gemauerten Grund gestoßen und rief: „Ich kann sehen, wie Wasser aus den Wänden in den Brunnen sickert!" Er beeilte sich, die Schlammreste zusammenzukratzen. „Das ist der letzte Eimer, ich komme hoch!"

„Warte, wir ziehen dich raus!", antwortete Bernhard und fasste gemeinsam mit Antonio nach dem Seil.

„Ach du lieber Himmel!", lachte Antonio, als er keinen weißen Flecken mehr an Leonardos Haut sehen konnte. „Du siehst ja aus wie ein Sarazene!"

Bernhard grinste ebenfalls. „Mitkommen!", befahl er schmunzelnd.

Leonardo trabte schwerfällig hinterher. Erst jetzt bemerkte er, wie kräfteraubend die Arbeit gewesen war. Wenn er daran dachte, sich gleich im eiskalten Fluss waschen zu müssen, weil er aussah, wie ein Schwein nach dem Suhlen, hätte er weinen mögen.

Bernhard schlug aber eine ganze andere Richtung ein, nämlich die zu den Bottichen für die Oliven. Dort stand auch Rosalies großer Waschzuber. Und der war randvoll mit warmem Wasser. Daneben lagen auf einem Fass ein langes Hemd und eine Wolldecke. Ein paar Holzpantoffeln gab es auch, nebst einem Tuch zum Abtrocknen.

„Ausziehen, ab in den Zuber!", gebot Bernhard. „Die schmutzigen Sachen wirfst du ins Wasser, wenn du sauber bist, ziehst an, was du auf dem Fass findest und kommst rüber essen! Du musst nicht hetzen."

„Hach, tut das gut", flüsterte Leonardo mit selig verdrehten Augen, als er in das wohlig warme Nass stieg. Das erste heiße Bad seines Lebens, wenn er es sich genau überlegte. Im fiel aber auch rechtzeitig ein, dass Flüssigkeiten nicht ewig warm blieben und so spülte er eifrig Haare und Gesicht.

Dann trocknete er sich ab, streifte das lange Hemd über, steckte die schmutzige Wäsche in den Trog, legte sich die Decke um die Schultern und strebte der Küche zu, wo die anderen auf ihn warteten. Es gab Fischsuppe mit Brot, heißen Tee und viel Lob von allen, was ihn darüber hinweg tröstete, in etwas seltsamem Aufzug hier zu sitzen.

Er musste noch einmal erzählen, wie viel Wasser in den Brunnenschacht gesickert war, als er da unten putzte. „Ganz genau habe ich es nicht gesehen", berichtete er, „aber ich habe es gespürt, als ich die Wände anfasste. Sie waren nicht einfach nur nass, sondern es liefen mehrere kleine Rinnsale daran herab, vielleicht so dick wie Rosalies Stricknadeln."

„Dann sollten wir in ein paar Tagen schon einen ansehnlichen Füllstand haben", murmelte Rosalie.

„Morgen bessern wir den Rand aus. Steine haben wir vom Stallbau genug. Mit dem, was noch übrig ist, ziehen wir am Ufer, da wo die gefährdete Stelle ist, eine kleine Mauer hoch, um uns vor erneuten Überschwemmungen zu schützen", legte Bernhard fest, dem Rosalie andernorts gezeigt hatte, wie man sich einigermaßen vor Hochwasser wappnen konnte. Auch der flache Wall am Ende des Grundstücks, den sie mit dem Aushub der Bauarbeiten errichtet hatten, ging auf ihre Bitte zurück.

„Kannst du was sehen?", fragte sie am nächsten Morgen, als Bernhard vor allen anderen Arbeiten in den Brunnen spähte.

„Es ist zu tief und zu dunkel, um etwas sagen zu können."

„Dann lasst mich am Seil runter", schlug Leonardo vor.

„Du willst doch bloß wieder baden!", stichelte Antonio unter dem Gelächter der anderen.

Leonardo, der gerade erst seine frisch gewaschenen Kleider angezogen hatte, grinste breit.

„Wenn du dich wieder so eindreckerst, fresse ich dich ungebraten", drohte Rosalie mit einem fröhlichen Blinzeln.

Leonardo krempelte die Hosenbeine ganz weit hoch. Ein paar Minuten später meldete er: „Das Wasser steht mir bis eine Handbreit unterm Knie! Und kalt ist es, wahnsinnig kalt!"

„Dann wird es wohl Grundwasser sein und nicht nur Filtrat aus dem Fluss", überlegte Rosalie laut.

Die Männer hatten es sich abgewöhnt, alles zu hinterfragen, denn viele Dinge konnten sie einfach nicht fassen, die Rosalie als selbstverständlich abtat. Und bisher hatte sie ja immer recht gehabt, weshalb man schon gar nicht nachhakte, wenn sie nicht von allein Erklärungen gab. Wenn sie so reichlich Wasser spendete, konnte es sogar die gleiche Schicht sein, die auch Isolabonas Brunnen versorgte. Der eigene Wasserstand musste nun nur noch ein ganzes Stück steigen und sich einpegeln.

„Ab, nach Dolceacqua!", rief Bernhard, sich die Hände reibend. Er freute sich auf ein Schwätzchen mit dem Admiral.

Leonardo wieselte davon, um das Pferd seines Ritters zu satteln, während Antonio die Waren auf dem Karren inspizierte. Es war alles in ausreichender Menge vorhanden. Mit einem Kuss für Frau und Tochter verabschiedete sich Bernhard. Er ließ dem Eselskarren den Vortritt auf der Brücke, um dann ganz gemächlich im Schritt neben Antonio her zu reiten. Zwei Krüge Öl für Isolabona und ein paar geschliffene Messer, drei Krüge nach Dolceacqua zum Wirtshaus und der große Rest der begehrten Fracht zur Burg.

Man meldete Cavaliere Bernhard schon, da war er noch auf dem Weg zum Tor. Der Admiral winkte zum Fenster heraus. „Kommt herein, mein Lieber! Ihr kennt ja den Weg."

Bernhard warf den Zügel seines Pferdes dem Stallburschen zu und schritt zum Haus. Antonio feilschte inzwischen mit dem Koch um die Bezahlung.

„Was gibt es Neues?", fragte Oberto, seinem Gast einen Platz am Kamin anbietend, wo eine Magd soeben aus einem Krug Wein in zwei Becher füllte.

Die Männer prosteten sich zu und Bernhard verriet nach dem ersten Schluck: „Ich habe eine wunderschöne Tochter."

„Meinen Glückwunsch! Wie heißt sie?"

„Rosanna und sie ist genau so hübsch wie die Mama."

„Darauf trinken wir!", rief der Admiral, den Becher heben.

Bernhard dankte, ehe er berichtete, wie Leonardo den Brunnen freigelegt hatte.

„Leonardo? Das schmächtige Bürschlein?" Oberto wollte es nicht glauben.

„Genau dieser", bestätigte Bernhard, „nur dass er dank gutem Essen inzwischen solche Schultern und Muskeln hat." Bernhard zeigte mit beiden Händen an, was er meinte.

Als die Magd kam, um Holz in den Kamin zu schieben, gab ihr Oberto einen Auftrag, dessen Inhalt Bernhard nicht verstand, weil ihm die Wörter noch nie untergekommen waren. Antonio betrat den Raum einige Minuten später, um zu übersetzen.

Jetzt erzählte der Admiral auch erst, was sich in den letzten Tag am Meer zugetragen hatte. Die Genueser hatten vor Sanremo ein Piratenschiff der Sarazenen aufgebracht, das nicht nur Handelswaren aller Herren Länder an Bord hatte, sondern auch Sklaven. „Sie sind als Knechte und Mägde an die Sieger verteilt worden. Keiner konnte herausbekommen, woher sie stammten. Sie haben allesamt helle Haut und sind ausnahmslos jung." Oberto goss den restlichen Wein in die Becher.

Als die Magd erneut erschien, trug sie ein Säckchen in der Hand, aus welchem es angenehm duftete. Oberto nahm es ihr ab und legte es vor sich auf den Tisch. „Anlässlich der Geburt Euerer Tochter möchte ich der Kleinen ein Geschenk zukommen lassen." Er fasste in den Beutel und zog ein zierliches Silberbesteck heraus, das für ein hochherrschaftliches Kind angefertigt worden sein musste. Ein Löffelchen mit Elfenbeingriff und eine zweizinkige Gabel mit einem Griff aus Ebenholz. „Und für die Mama habe ich auch eine Kleinigkeit. Seife aus Aleppo. Das soll die beste der Welt sein, sagt man."

Bernhard bedankte sich hocherfreut. Dabei war ihm anzusehen, dass er sich schon auf den Duft auf

Rosalies Haut freute, wie es Oberto lachend ausdrückte.

„Ich werde es ebenfalls genießen, wenn sich Gioachina, meine Frau, mit diesem Duft umgibt."

Bernhard hatte zwar gehört, dass der Admiral verheiratet sei, die Gattin aber noch nie gesehen. Und Oberto deutete den Blick richtig, denn er erklärte: „Ich habe vier Söhne. Es ist etwas komplizierter."

So, wie er es betonte, hatte er sie wohl nicht mit ihr. Bernhard bohrte auch nicht nach, weil es ihn nichts anging. Und genau das mochte Oberto an ihm. Bernhard wusste immer genug, um agieren zu können. Rosalie betonte ja auch immer: Was ich nicht weiß, macht mich nicht heiß.

Er ist ein wirklich guter Gefolgsmann, dachte der Admiral, als Bernhard mit Antonio vom Hof ritt. Und er freute sich diebisch, dass er mit der Urkunde über das pachtfreie Land wieder einmal die Spinola ausgestochen hatte. Die merkwürdige Konstellation, dass Luciano in seinem Dienst stand, änderte nichts daran.

Auch bei der Heimkehr wurde Bernhard schon gemeldet, als er noch nicht einmal an der Brücke war. Pauls freudiges Krächzen deutete Rosalie vollkommen richtig und kam aus dem Haus geeilt. Leonardo nahte ebenfalls mit langen Schritten, um Bernhards Braunen zu versorgen.

„Du duftest!", stellte Rosalie sofort fest, kaum dass Bernhard vom Pferd gestiegen war. Sie hob die Nase und schnupperte ausgiebig.

Er lachte: „Das ist das Geschenk, welches dir Oberto schickt. Aber zuerst bekommt unsere Bambina seine Gabe zu ihrer Geburt. Ich finde dieses Wort für *kleines Mädchen* niedlich." Bernhard legte das wertvolle Besteck auf den Tisch.

„Aber das ist ja massives Silber!", staunte Rosalie.

„Ja, er meinte, es würde nur sinnlos in seiner Schatzkammer herumliegen, bei uns hätte es wenigstens eines Tages die Aufgabe, die es eigentlich erfüllen sollte." Dann erzählte Bernhard von dem Piratenschiff und der bunt gemischten Ladung. „Von da stammt auch die Seife. Sie soll die beste der ganzen Welt sein." Er legte das Stück auf den Tisch.

Beim Anblick des unverwechselbaren Grüns jubelte Rosalie: „Ja, denn das ist Aleppo-Seife!"

„Richtig! So hat er sie genannt", bestätigte Bernhard.

„Gibt es sonst noch Neuigkeiten?"

„Nichts von Belang", erwiderte Bernhard, die Augenbrauen zusammenziehend, um sich an alles Gesprochene besser erinnern zu können.

Stolze Eltern

In den nächsten Wochen gab es auf dem Hof viel zu tun. Antonio mauerte den Brunnenrand und konstruierte mit Bernhard eine Kurbel zum Eimer hinaufziehen, wie sie sich Rosalie wünschte, um nicht auf fremde Hilfe angewiesen zu sein, wenn sie Wasser haben wollte.

Auch der Pflug nahm Gestalt an, denn das gefundene Saatgut musste in die Erde. Leonardo zog eine Probefurche und war sehr zufrieden.

„Eigentlich bräuchten wir noch eine Egge", seufzte Rosalie. „Die Erde muss ja glatt gemacht werden, weil der Emmer an der Oberfläche bleiben soll, um gut zu keimen."

„Aha", murmelten die Männer und schauten sich an. Was war eine Egge? Im Tal gab es keinen Ackerbau. Also nahm Rosalie ein Stöckchen und ritzte eine Skizze in die Erde.

„Es geht also nur darum, die Erde glatt zu machen?", fragte Bernhard.

„Ja. Irgendwie." Rosalie hob die Schultern. „Ich weiß ja, dass weder Material noch Zeit dafür da sind."

Bernhard winkte ab. Er spannte Matteo und Nino vor einen waagerecht liegenden schweren Baumstamm und Leonardo trieb die beiden in Bahnen über das kleine Feld. Dafür durfte er dann auch säen. Paul fungierte als Wächter. Er scheuchte alles weg, was sich irgendwie dem Areal nähern wollte, um die wertvollen Körner zu stehlen. Was nicht schnell genug war, landete in seinem Magen. Ob Vögel oder Mäuse war ihm völlig egal. Die Käuzchen, welche sie jeden Abend hörten, übernahm in der Nacht diesen Posten still und ungesehen.

Antonio bekam die ehrenvolle Aufgabe, als nachgewiesener Künstler ins Sachen Holz, für Rosanna ein oder zwei Beißringe anzufertigen, mit denen sie spielen konnte, wenn sie noch ein paar Wochen älter sei. Es war schon ein Freudenfest für Bernhard, als ihn sein kleiner Sonnenschein das erste Mal ganz bewusst anlächelte und erst recht, als Rosanna mit Lauten auf seine Stimme zu reagieren begann und wie wild strampelte, bis er sie endlich auf den Arm nahm.

Paul wechselte wieder zur Babybewachung über, denn das Korn hatte inzwischen gekeimt. Er avancierte schnell zum liebsten Spielkameraden von Rosanna, weil er ihre Quietschlaute täuschend echt nachahmen konnte und so lustig herumhüpfte.

Antonio polierte noch immer an den abgeflachten Ringen. „Sie müssen nicht perfekt rund sein", hatte Rosalie gesagt, „nur perfekt glatt."

Als Rosalie mit sechs Monaten zu krabbeln anfing, musste Paul besonders auf der Hut sein. Der Winzling legte auf allen vieren ein phänomenales Tempo vor. Vor allem ohne Vorwarnung. Vorsichtig geworden war Paul, nachdem ihm Rosanna blitzschnell einen ihrer Beißringe über den Kopf gestreift und er dabei eine Schwungfeder eingebüßt hatte, weil die winzigen Hände nichts mehr losließen, was sie greifen konnten. Zwar war die Sache mit dem Beißring purer Zufall, aber Paul hatte für einen Moment Todesangst verspürt.

Rosalie hatte zu Rosanna streng: „Nein!", gesagt, ihn befreit, gestreichelt und mit einem Stückchen Käse getröstet.

Es konnte sich keiner erklären, warum Rosanna seit diesem Tag oft weinte, bis man den Zusammenhang zu Paul herstellte, der sich jetzt immer weiter weg aufhielt und sofort aufflatterte, wenn sich Rosanna näherte. Sie hatte ihrem Spielkameraden Schmerzen zugefügt und die Quittung dafür bekommen.

Es dauerte fast einen Monat, ehe sich Paul wieder an Rosanna heranwagte, die nun ganz vorsichtig die Hände nach ihm ausstreckte.

Antonio war wieder mit einer riesigen Ladung Öl und Kräutermischungen in den Siedlungen unterwegs. Sie hatten inzwischen den Karren umgebaut, sodass er von beiden Eseln gezogen werden konnte. Aufsatzbretter gewährleistetem, dass sie besonders hoch laden konnten. Die Räder waren stabil genug. Als Antonio den Vorhof der Burg erreichte, standen dort mehrere Pferde und zwei Wagen. Es herrschte ein Treiben, wie in einem Bienenkorb.

Mit dem Admiral konnte Antonio zwar nicht sprechen, aber er schnappte auf, dass Luciano mit seiner Familie in der Burg weile. Natürlich gingen sofort die Alarmglocken an und er beeilte sich sehr, nach Hause zu kommen.

„Es tut sich irgendwas!", rief er, vor der Mühle vom Wagen kletternd. „Die Spinola sind beim Admiral."

Wenn er es so ausdrückte, meinte er Lucianos Familie. Wenn er den Clan ansprach, sagte er *famiglia,* also Familie. Ein bisschen verwirrend, aber sie hatten sich rasch an diese Eigenheit gewöhnt.

Logischerweise hatte der Admiral erfahren, dass Antonio mit dem Eselskarren da war, was hieß, Ritter Bernhard musste auch zu Hause sein.

„Perfekt!", rieb sich Luciano die Hände, „da kann ich es mir sparen, meine Männer hier zu lassen."

Sie wollten den Piraten in einem Hinterhalt auflauern und jeder, der kämpfen konnte, wurde gebraucht. Weil er Bernhard zu Hause wusste, lenkte er am Abend selbst den Pferdewagen, um Frau und Sohn in der Mühle in Sicherheit zu bringen. Noch jemand hockte ganz hinten auf dem Wagen, bangend, was in Zukunft geschehen werde.

Wächter Paul meldete das Gespann schon, als es die anderen noch nicht einmal hörten, weil die Straße vom Regen aufgeweicht war und das Rumpeln der Räder dämpfte. Natürlich kamen sofort Bernhard und Antonio aus dem Haus, denen Rosalie mit Rosanna auf dem Arm folgte, als sie erkannte, wer die Brücke überquerte.

Bei der Begrüßung warteten alle gespannt darauf, wie die Kinder aufeinander reagieren würden. Vincenzo schaute etwas skeptisch, als er Rosanna erspähte, lächelte aber hocherfreut zurück, als sie ihn mit großen Augen anstrahlte. Die stolzen Väter nahmen ihre Sprösslinge natürlich selbst auf den Schoß, als Antonio Wein ausschenkte.

Die einsame Gestalt blieb auf dem Wagen hocken, bis man sie auffordern werde, herunterzusteigen. Leonardo versorgte die Pferde, hin und wieder einen Blick zum Fuhrwerk werfend und sich wundernd. Wenn hoher Besuch kam, stand es ihm als Knecht nicht zu, mit hinein zu gehen. Vielleicht ging es ja dem anderen ebenso. Er musste bestimmt warten, bis seine Dienstherrschaft zurückkam.

Im Haus empfingen die stolzen Müllersleute die späten Glückwünsche zur niedlichen Tochter, welcher Luciano eine silberne Kette übereignete, die er extra für die Kleine hatte anfertigen lassen.

„Bello!", sagte Vincenzo, auf Rosannas Hals zeigend.

„Ja, sie ist wirklich wunderschön!", bestätigte Rosalie lächelnd, mit dem Finger über die Kette streichelnd.

Mit wenigen Worten erklärte Luciano, dass und warum er seine Lieben wieder unterzubringen gedachte. „Die Ladung des Wagens könnt Ihr in den Speicher bringen lassen", sagte er. „Und dann haben wir, wie ihr gesehen habt, jemanden mitgebracht, der auch hierbleiben soll. Dauerhaft."

Rosalie und Bernhard schauten Luciano überrascht an.

„Es ist eine der Sklavinnen, die das letzte Piratenschiff geladen hatte. Sie versteht kein Wort unserer Sprache und das macht es unmöglich, dass wir sie als Magd im Haus behalten. Weil wir aber Rosalies engelsgleiche Geduld kennen, sind wir überzeugt, dass sie hier gut aufgehoben ist und begreifen wird, was sie tun muss. In einem der Säcke steckt etwas Kleidung für sie, damit ihr nicht noch damit belastet werdet."

Rosalie fand zuerst die Sprache wieder. „Herzlichen Dank! Ja, eine Magd kann ich gut gebrauchen, besonders jetzt, wo Rosanna anfängt, sich auf die Beine zu stellen."

Im Augenblick spielte der Wirbelwind unter den wachsam-kritischen Blicken von Paul mit Vincenzo. Dem gefielen die hölzernen Ringe auch sehr und Antonio beschloss insgeheim, noch ein paar zu fertigen, damit der goldige Knabe eine Erinnerung an Rosanna mit nach Hause nehmen konnte. Manchmal half es ja, wenn man dem Schicksal etwas in den Rachen griff. Auch in eigenem Interesse.

Jetzt bekam er den Auftrag, die neue Magd zu ihrer Kammer zu bringen, denn er hatte als Verwalter das Sagen in den Räumen der Unterkünfte. Als er an den Wagen herantrat, versuchte das Mädchen, sich ganz klein zu machen. Er hielt ihr die Hand entgegen und bat lächelnd: „Komm mit!"

Erstaunt taxierte sie ihn. Seit man sie verschleppt hatte, war sie nur herumgestoßen oder so gut wie ignoriert worden. Auch in der fremden Stadt, in der man sie eigentlich gut behandelte, hatte man ständig geschimpft, weil sie nicht verstand, was sie tun sollte. Die anderen Mägde hatten sie mit hämischen Blicken bedacht, wenn der Verwalter die Augen verdrehte, weil offenbar Hopfen und Malz verloren waren.

„Na, komm schon!", forderte Antonio. Zwar energisch, aber freundlich. Er griff nach dem Sack mit ihrer wenigen Habe, hielt ihr aber noch einmal die Hand hin, welche sie schließlich ergriff. Woanders hatte man sie einfach mit sich gezerrt, wenn sie vor Angst halb erstarrt gewesen war.

Antonio legte ihr den Arm um die Schulter, als er sie über den Hof zum Pferdestall führte. Ein winziges Fünkchen Geborgenheit keimte bei der schweigsamen Fremden auf. Leonardo kreuzte ihren Weg.

„Das ist Leonardo", sagte Antonio, auf diesen zeigend. „Ich bin Antonio." Er tippte auf seine Brust. „Leonardo. Antonio. Und wie heißt du?"

„Lia", flüsterte sie kaum hörbar.

„Ahhh, das kann ich mir gut merken", schmunzelte Antonio, nannte noch einmal alle drei Namen, wobei er auf den jeweiligen Träger deutete. „So, jetzt bringe ich dich zu deiner Kammer." Er stieg die überdachte hölzerne Außentreppe hinauf, öffnete die zweite Tür von links, fast am Ende des Ganges und stellte ihren Sack auf einen kleinen Schemel am Fenster. „Hier wirst du wohnen. Wenn jemand deinen Namen ruft, dann kommst du sofort." Er machte es ganz genau vor, auch wie man sie heranwinken werde, wenn es zum Rufen zu laut sei.

Als er die Tür hinter sich zuzog, bekam Lia große Augen. Bisher war sie immer eingeschlossen worden. Dann schaute sie sich um. Eine eigene Schlafstatt, deren Heusackmatratze ganz frisch duftete. An der Wand war ein breites Brett angebracht, das Regal und Tisch zugleich war, worauf sogar ein Öllämpchen mitsamt Zunderschwamm und Feuerzeug stand. Einen Lidschlag später klopfte es, was Lia genau so sehr erschreckte wie verwunderte.

Antonio brachte ihr einen Krug mit kühlem Brunnenwasser, blinzelte ihr zu und verschwand so still, wie er gekommen war. Lia stand völlig erstarrt und schaute die geschlossene Tür an. Sie betastete schließlich sogar den Krug, um sich zu vergewissern, dass sie nicht träumte. Sie nahm sich vor, auf jeden noch so leisen Wink zu achten und auch, die Sprache zu lernen, um nicht wieder Ärger zu bekommen.

Luciano blieb über Nacht in der Mühle. Der reichliche Wein zeigte nämlich irgendwann doch Wirkung. Antonio brachte ihn ins Gästezimmer über dem Stall, während Anna kopfschüttelnd hinterherging. Lia hörte, wie sich Anna bei ihm bedankte und irgendwann Ruhe einkehrte.

Beim ersten Hahnenschrei fuhr Lia aus dem Schlaf, kleidete sich eilig an und wartete darauf, gerufen zu werden. Sie hatte ja keine Ahnung, wie die Gepflogenheiten ihrer neuen Herrschaften war. Da klopfte es ganz leise und jemand flüsterte ihren Namen. Draußen stand Leonardo, der den Finger auf den Mund legte und zu den anderen Zimmern zeigte, wo die Spinola schliefen. Er winkte mit dem Finger, dass sie ihm folgen möge. Mit starkem Herzklopfen eilte sie ihm nach und trat schließlich in die Küche der neuen Dienstherren, wo sie zitternd stehen blieb.

Mit einem fröhlichen „Buongiorno!", wurde sie empfangen und flüsterte das Wort ebenfalls.

„Hier ist dein Platz", sagte die Herrin, auf den Schemel zwischen Leonardo und Antonio deutend.

Weil sie es nicht verstanden hatte, winkte Antonio mit dem Finger und klopfte auf den Hocker. Verstehend nickend setzte sie sich und beobachtete, wie die Herrin Brot, Ziegenquark und gekochte Eier auf den Tisch stellte. Dann füllte sie alle Becher mit duftendem Tee. Sogar für Lia war einer dabei! Alle fassten zu und begannen zu essen. Weil Lia nicht reagierte, legte ihr Rosalie lächelnd eine Scheibe Brot und ein Ei direkt vor die Nase.

„Gracie", hauchte Lia.

Antonio strich ihr einfach Quark auf das Brot und Lia dankte wieder. Ganz vorsichtig schaute sie sich um, während sie sehr genüsslich das köstliche Essen kaute. Der Hausherr hatte sein Töchterchen auf dem Schoß und gab ihm aus einem Becher warme Milch zu trinken. Aus den Augenwinkeln gewahrte sie Bewegung auf einem Regal und erschrak fürchterlich, als ein lautes Krächzen ertönte.

„Das ist Paul", erklärte die Frau des Hauses, worauf ein richtiger lebendiger riesengroßer Rabe auf ihrer Schulter landete.

Das Baby lachte den großen Vogel an und streckte ihm die Hand hin.

„Nein!", sagte der Vater. „Erst wird gegessen!"

„Krahhh!" Paul flatterte auf das Regal zurück.

Lia reimte sich zusammen, was gerade geschehen war. Und richtig, kaum war der Tisch leer, kam der Rabe wieder herunter, um mit der Kleinen zu schmusen. Lia staunte. Kannte sie Raben doch nur als gefürchtete, gruselige Totenvögel.

„Ich bin Rosalie", stellte sich die Frau des Hauses endlich vor. „Das sind Bernhard und Rosanna. Die Männer kennst du ja schon. Jetzt zeige ich dir, was du jeden Morgen tun wirst."

Sie nahm ihre Tochter auf den Arm, drückte Lia einen Korb in die Hand und brachte sie zum Hühnerstall, wo sie die Eier aus den Nestern nahm. Ja, das waren Arbeiten, mit denen Lia vertraut war. Sie machte sofort mit, die wertvollen Gaben der Hennen, vorsichtig in den Korb zu legen.

„Molto bene!", lobte Rosalie, worüber sich Lia sehr freute. Lia trug den vollen Korb in den Speicher und staunte, was hier alles eingelagert war.

Der nächste Weg führte zum Brunnen, wo ihr Rosalie kurzerhand ihre Tochter übergab, um zu zeigen, wie das Wasserholen vonstattenging. Lia betrachtete es als riesengroße Auszeichnung, die Kleine halten zu dürfen, schaute aber gleichzeitig ganz genau zu, wie die Kurbel funktionierte. Rosalie füllte zwei Eimer nur halb voll und hob achtungsgebietend den Finger. So und nicht anders, sollte das heißen. Lia nickte, dann übergab sie Rosanna an ihre Herrin, um die Eimer in die Küche zu tragen.

Diesmal setzte Rosalie die Kleine in ein Ställchen, um Lia ganz genau erklären zu können, wie es mit dem Feuermachen für heißes Wasser funktionierte, mit welchem sie Geschirr und Besteck abwaschen sollte. Der Rabe war auf Schritt und Tritt bei ihnen und saß jetzt auf dem Rand des Ställchens, wo er mit dem kleinen Mädchen schmuste. Jetzt fand ihn Lia schon nicht mehr so furchteinflößend wie vor einer Stunde. Als das Geschirr sauber und trocken war, zeigte ihr Rosalie, wie sie für die hohen Gäste den Tisch decken musste. Dann erschien Antonio, um sie mit dem ganzen Leben auf dem Mühlenhof bekannt zu machen, denn auch die Spinola nahten, um zu frühstücken.

„Und?", fragte Luciano kurz, mit dem Kopf nach draußen zur neuen Magd deutend.

„Sehr gut", erwiderte Rosalie und klang echt zufrieden.

„Wirklich?!", staunte Luciano.

„Wirklich!" Rosalie erzählte, mit welcher Selbstverständlichkeit Lia in die Arbeit eingestiegen war.

„Lia? Hast du ihr diesen Namen gegeben?", wollte Anna wissen.

„Nein. Sie heißt wirklich so. Antonio hat es schon gestern herausgefunden. Ich denke, hier wird sie ab morgen von allein machen, was ich ihr heute aufgetragen habe. Mit Hühnern kennt sie sich jedenfalls aus." Rosalie füllte die Becher mit Tee.

„Dann hatte Luciano ja die richtige Idee, sie hierher zu bringen", freute sich Anna. „Bei uns war sie völlig fehl am Platz."

Vincenzo kehrte den Gentleman heraus. Er bestand darauf, Rosanna mit am Tisch zu haben. Also nahm Bernhard die Kleine wieder auf den Schoß.

Luciano schmunzelte. „Neben der Dame seines Herzens schmeckt es ja auch besser. Früh krümmt sich, was ein Haken werden will."

„Krahhh, krahhh, krahhh!", ertönte es vom Regal.

„Seht ihr? Paul ist ganz meiner Meinung." Luciano schenkte dem Raben ein Stückchen Brot. „Ich werde in drei Wochen wieder hier sein", versprach er, als er sich erhob, um zu gehen.

„Pass bitte auf dich auf!", seufzte Anna und schaute hinterher, bis der Wagen hinter der Wegbiegung verschwand.

„Besuchen wir die Esel?", fragte sie Vincenzo, der nickend in die Hände klatschte.

„Mit Rosanna!", bettelte der Kleine, der für sein Alter sehr verständig war und deutlich sprach.

„Ach ja, ohne Herzensdame scheint wirklich nichts zu gehen", lachte Anna. „Kannst du mitkommen oder soll ich Rosanna mitnehmen?", wandte sie sich an Rosalie.

„Ich komme mit!"

„Da, da, da!!!!" Vincenzo geriet völlig aus dem Häuschen, als er die beiden Grauen am Ufer entdeckte. Und noch mehr, als wenig später auf dem Rücken von Matteo sitzen durfte. „Rosanna?", fragte er sofort.

„Rosanna ist noch zu klein", erklärte Rosalie.

„Oh", murmelte Vincenzo und ließ sich wieder herunter heben. Entweder mit seiner kleinen Freundin oder gar nicht.

„Da hat aber einer strenge Prinzipien", staunte Rosalie.

„Ich bin selber ganz perplex", gab Anna zu.

Bei den Olivenbäumen pflockten Lia und Antonio gerade die Ziegen um. Vor dem Bock fürchtete sich Lia sehr. Aber den schnappte sich Antonio, der sich nicht zum Narren halten ließ. Die Bäume mussten sehr wertvoll sein, ahnte Lia, weil der junge Mann sehr darauf achtete, dass die Tiere nicht an sie herankamen. Sie war so in Gedanken über die letzten Stunden, dass sie nicht merkte, mit was für Augen er sie beobachtete.

So wie sie dachte: *Er ist sehr nett und sieht gut aus*, ging ihm durch den Kopf: *Recht hübsch, die Kleine.*

Lia hätte gern tausend Fragen gestellt, nur war sie der Sprache nicht mächtig. Vor allem interessierte sie, wem Schwert und Schild an der Wand gehörten. So etwas durften ja nur Ritter tragen. Einige Antworten erhielt sie durch Beobachten. Bernhard, der Hausherr, war also Schmied. Denn der hämmerte gerade auf seinem Amboss etwas zurecht, als Antonio sie zu den Sträuchern am Haus führte und ihr das Unkrautzupfen auftrug. Nach einer Weile begriff sie, dass Bernhard nicht irgendein Schmied, sondern Waffenschmied war, denn sein Werkstück war eindeutig eine Schwertklinge.

Daneben lag ein fertiges Schwert und Bernhard rief Antonio heran. Ein kurzer Wortwechsel, dann brachte Antonio Schwert, Schild und ein Kettenhemd aus dem Haus. Er verschwand wieder, um ebenfalls im Kettenhemd zu erscheinen. Bernhard legte inzwischen seins an und Lia dämmerte zusehends, dass sie auch hier die Magd eines Ritters war.

Die Frauen und Kinder fanden sich ein und Rosalie rief Leonardo und Lia mit hinzu, weil die beiden das nachfolgende Spektakel ja doch von der Arbeit abgehalten hätte.

Bernhard wollte das neue Schwert testen, welches er Antonio reichte. Sie setzten Helme auf und begannen zu kämpfen. Drei, vier Hiebe, dann brach die Klinge.

„Schade, zu spröde", stellte Bernhard enttäuscht fest. „Nun muss das Spektakel ausfallen. Es sei denn, wir nehmen die Übungsschwerter ..."

„Gute Idee!", rief Rosalie. „Wir sind ganz Auge."

Leonardo rannte los, um das Gewünschte herbeizubringen. Augenblicke später tobte ein neuer Kampf, nach festen Regeln. Die beiden Recken schenkten sich trotzdem nichts.

Die Zuschauer spendeten begeistert Applaus, als die beiden die Schwerter sinken ließen. Leonardo schaute mit beinahe verklärtem Blick zu ihnen auf. Und er war nicht der Einzige, wie Rosalie mit einem Blinzeln an Anna bemerkte, weil Lia kaum zu atmen gewagt hatte.

Leonardo eilte davon, um Wasser zu schöpfen, damit Rosalie kochen konnte. Er hatte völlig vergessen, dass ja jetzt Lia in der Küche mithelfen konnte. Rosalie entschied sich für Graupeneintopf, denn unter den Gaben der Spinola war Pökelfleisch, das für kräftigen Geschmack sorgen konnte.

„Lass sie hier essen", bat Anna, als Rosalie Lia und Leonardo hinaus an den Tisch schicken wollte. „Es soll ja auch nicht auffallen, dass ich da bin."

Um den Grießbrei für die Kinder anrühren zu können, brauchte sie frische Milch und so nahm Leonardo den kleinen Henkelkrug und Lia mit hinaus. Lia hielt die Ziege an den Hörnern fest, damit Leonardo in Ruhe melken konnte. Dann drückte er ihr den Krug in die Hand. Lia brachte ihn in die Küche und sagte zögernd: „Ecco il latte. Prego." Hier ist die Milch. Bitte.

„Grazie! Destra!" Danke! Richtig! Rosalie lächelte vergnügt.

„Bei uns hat sie kein Wort gesprochen", staunte Anna.

In der Küche helfen zu dürfen, machte Lia offensichtlich Freude. Sie übernahm sofort Holzbrett und Fleisch, als Rosalie gezeigt hatte, welche Größe die Würfelchen haben sollten. Sie ging sehr geschickt zu Werke. Es war wohl nicht das erste Mal, dass sie Fleisch zum Kochen schnitt. Auch rührte sie sehr gewissenhaft den Eintopf um. Paul ließ Lia keine Sekunde aus den Augen. Essen war Ehrensache. Wer dabei helfen durfte, gehörte zur Mühle.

„Rufst du die Männer herein", wandte sich Rosalie an Lia.

„Il pranzo!" Mittagessen! Leonardo wisperte ihr die Worte zu, als Lia hilfesuchend um sich schaute.

„Grazie!", flüsterte sie zurück und darauf laut, dass es über den Hof schallte: „Il pranzo!"

„Na, da kommen wir doch sofort, wenn wir so nett gerufen werden", schmunzelte Antonio, sich mit Bernhard die Hände am Wassertrog waschend.

Anna, Vincenzo und Bernhard bekamen zuerst ihre Schüsseln, dann Leonardo und Lia. Rosalie fütterte Rosanna und nahm sich zuletzt ihren Anteil am Eintopf. Die Männer bekamen einen Nachschlag.

„Möchtest du auch noch was haben?", fragte Rosalie und deutete für Lia auf den Kessel.

„Sì!", hauchte Lia und bedankte sich sehr, als auch ihr Schüsselchen noch einmal gefüllt wurde. Sie hatte sofort begriffen, dass falsche Scham völlig fehl am Platz war. Rosalie erwartete Ehrlichkeit und da fragte sie eben auch nicht zwei Mal. Hier gab es auch niemanden, der ihr das Essen neidete, wie es bisher meist gewesen war.

Paul stolzierte auf dem Ställchen herum und äugte nach Bröckchen. Bernhard hielt ihm schließlich ein Fleischwürfelchen hin, mit dem sich Paul auf den Fußboden verzog. Ein wenig später zupfte er an Lias Kleid. Die biss sich auf die Unterlippe und schaute Bernhard unschlüssig an, ob sie Paul etwas geben dürfe.

Bernhard nickte schmunzelnd und Lia reichte dem Raben ein Häppchen, das ihr dieser ganz vorsichtig aus den Fingern zupfte.

„Buon Paul", flüsterte sie und erhielt ein freudiges „Krahhh, krahhh" zur Antwort.

„Sie versteht mehr, als es auf den ersten Blick den Anschein hat", blinzelte Rosalie.

Lia lief feuerrot an, weil sie mehr ahnte, als wirklich verstand, was gesagt worden war. Sie war froh, als sich Bernhard erhob und sie Wasser aus dem Brunnen holen konnte. Es waren ja alle sehr freundlich zu ihr. Sie hatte nur Mühe damit, plötzlich von allen angeschaut zu werden. *Ich muss das lernen,* hämmerte es in ihrem Hirn. *Sonst darf ich vielleicht nicht für immer hierbleiben.*

Sie erschrak. Fast hätte sie die Eimer zu voll gemacht. Rosalie wäre sicher ärgerlich geworden. Das durfte keinesfalls geschehen. Antonio hielt ihr die Tür auf. Nette Kleinigkeiten, die sie bisher nicht gekannt hatte. Die Asche im Herd war noch nicht ganz kalt. Mit ein paar trockenen Zweigen und ein wenig pusten flammte rasch ein Feuer auf. Lia schüttete das heiße Wasser in den Zuber, spülte Besteck, Teller und Suppenkessel, ehe sie mit Schwung das Schmutzwasser auf den Misthaufen entleerte. Der erste halbe Tag, seit sie verschleppt worden war, wo sie niemand böse anschaute, schimpfte oder gar schlug. So durfte das gern weitergehen.

„Lia?!"

„Sto arrivando!" Ich komme! Sie eilte über den Hof.

„Lentamente!" Langsam! Bernhard machte mit der flachen Hand die entsprechende Bewegung. Er deutete auf den Eimer. „Erst trägst du den Eimer in die Küche, dann kommst du zu mir." Er zeigte mit dem Finger die Reihenfolge an.

Lia nickte. „Sì." Mit gezwungen gemäßigtem Schritt erfüllte sie die Anweisung.

Bernhard reichte ihr eine Sichel. „Bring das zu Leonardo. Er ist auf dem Feld."

Wie sie das Werkzeug zur Sicherheit mit der Schneide nach hinten trug, zeigte deutlich, dass es ihr nicht unbekannt war. Vielleicht hatte man sie ja damals bei der Feldarbeit oder beim Viehhüten überfallen, wie Rosalie vermutete. Selbst Anna stellte seit dem Morgen immer wieder fest, dass Lia plötzlich aufgeschlossener war und sichtbar Freude an der Arbeit hatte, die ihr nicht unbekannt zu sein schien.

Leonardo freute sich sehr über den unverhofften Bringeservice, sparte es ihm doch fast 100 Meter Weg. So übergab er Lia die zweite stumpf gewordene Sichel, mit der Bitte, diese zu Bernhard zu bringen. Der verdrehte lustig die Augen, als er sie entgegennahm. Lia hob mit einem Lächeln die Schultern. An ihr lag es schließlich nicht, dass die Schneide schartig geworden war. Bernhard blinzelte und machte sich an die Arbeit.

Rosalie hatte Lia nicht gesehen, und rief nach ihr, obwohl sie genau neben der Tür stand. Auf die direkte Ansprache zuckte sie erschreckt zusammen und musste schließlich herzlich lachen. Lia stimmte ein. Ehe Rosalie ihr den Arbeitsauftrag übermitteln konnte, kam Vincenzo über den Hof gerannt, stolperte über einen Stein und fiel auf die Nase. Lia war mit einem Satz bei ihm, hob ihn auf den Arm und sang ihm zur Beruhigung ein kleines Liedchen vor.

Er hörte tatsächlich sofort auf zu weinen, lauschte und schaute das Mädchen mit großen verwunderten Augen an. Anna war auf halber Strecke stehen geblieben, genau so erstaunt die Szene beobachtend. Lia trug ihn zu seiner Mama und wartete mit gesenktem Kopf auf Strafe, weil sie einfach das Kind eines hochgeborenen Paares angefasst hatte.

Anna hob die Hand. Doch statt Lia zu schlagen, wie diese es erwartete, strich sie ihr übers Haar. „Das hast du sehr gut gemacht. Danke."

Lia lächelte befreit und beeilte sich, ihre Aufgaben von Rosalie zu erhalten. Die lautete: „Du gehst mit uns ein bisschen spazieren, vielleicht finden wir Pilze." Rosalie malte sogar einen Pilz mit einem Stock auf den Boden.

„Ahhh, sì, sì, funghi!" Ja, ja, Pilze! Die kannte Lia und freute sich auf einen Besuch im Wald. Da war sie schon ewig nicht mehr gewesen. Jetzt bekam sie den Korb mit dem Messer. Rosalie trug Rosanna. Vincenzo lief, als großer Junge, neben seiner Mama her.

Rosalie hatte sich in den Kopf gesetzt, einfach mehr über Lia zu erfahren und nutzte einfachste Techniken, um an die begehrten Informationen zu kommen. „Wie alt bis du?", fragte sie.

Lia biss sich auf die Lippen.

„Wie viele Jahre?"

Das verzweifelte Kopfschütteln zeigte: Ich kann dich wirklich nicht verstehen.

Rosalie nahm wieder ein Stöckchen. Sie ritze einen großen und einen halb so langen Strich in die Erde. „Vincenzo ist ein Jahr und ein halbes alt." Dann machte sie die Striche für Annas Alter, indem sie vier immer mit dem fünften als Schrägstrich zusammenfasste. „So alt ist Anna und ich so." Sie machte elf Striche mehr in den Boden. „Rosanna ist nur so." Sie zog ein halbes Strichlein in den Sand. Dann reichte sie den Zweig an Anna weiter.

Die überlegte kurz und malte 16 Striche unter die anderen. Noch einmal nachzählen, dann nickte sie.

„Gut geschätzt", schmunzelte Anna, weil Rosalie gesagt hatte: „Sie ist höchstens 17."

„Molto bene!" Rosalie lief langsam weiter. „Da wissen wir doch immer schon etwas. Und ich weiß auch, dass sie eine Sprache spricht, die ich nicht verstehe."

„Wegen des Liedes?"

„Genau deshalb. Wegen der hellen Haut und Haare tippe ich auf Griechenland."

„Meinst du wirklich?"

„Ja, Korfu, Kreta ...", weiter kam Rosalie nicht, da wurde Lia hektisch. Sie zeigte auf sich und rief: „Creta, creta!"

„Bingo!", kicherte Rosalie in Manier des 21. Jahrhunderts. „Sie ist Griechin!"

Lia strahlte über das ganze Gesicht. Dank Rosalies genialer Unterhaltung konnten nun die anderen erfahren, woher sie kam. Endlich!

Vincenzo schaute Lia an, dann fasste er einfach nach ihrer Hand, um zwischen ihr und Mama weiterzulaufen. Rosanna schlief. Das sanfte Schaukeln auf dem Arm hatte sie eingelullt.

Ein Lufthauch traf Rosalie und Paul landete auf ihrer Schulter, ohne Rosanna zu wecken.

„Hätte mich ja auch gewundert, wenn du nicht gekommen wärst", schmunzelte sie.

Paul äugte in den Korb und machte fragend: „Krahhh?" Ihr habt noch keine Pilze?

Nun wollte auch Vincenzo auf Mamas Arm, um Paul ganz nah zu sein.

Lia hob ganz langsam den Zeigefinger. „Funghi!" Sie kraxelte mit affenartiger Geschwindigkeit den Hang hinauf und wühlte mit beiden Händen im vorjährigen Laub.

„Krahhhhhhhhhh!", kommentierte Paul und es klang wie ein tiefer, zufriedener Seufzer als sie gleich vier stattliche Röhrlinge den Berg hinab jonglierte. Er wechselte auch sofort auf Lias Schulter über, die, nach kurzem Schreck, stolz war, von ihm akzeptiert zu werden. Noch zwei ähnliche Aktionen, dann war Paul endgültig überzeugt, dass es mit ihr mehr Spaß im Wald machte, als mit den Mamas und Kindern. Und das alte Lied, wer sich um Essen kümmerte, hatte einen dicken Stein bei ihm im Brett.

Dass das Pilzesuchen nur ein Vorwand gewesen war, um sie in Ruhe befragen zu können, hatte Lia schnell begriffen, aber auch, dass beide Frauen ständig an den Waldrand spähten, weil sie auch Pilze finden wollten, weil die nun mal gut schmecken. Das Ende vom Lied: Die Mütter setzten sich mit den Kindern auf einen umgefallenen Baum und Lia tauchte mit Paul ins Unterholz ab, um hoffentlich den Korb zu füllen.

„Wenn er bei ihr ist, mache ich mir keine Sorgen", erklärte Rosalie. „Paul zeigt ihr den Weg nach Hause und sie ist pfiffig genug, zu begreifen, was er sagen will." Sie wurde auch nicht unruhig, weil es etwas länger dauerte, bis die Pilzsucher zurückkamen.

Zwischen den Pilzen steckten Blätter, die eine Mulde bildeten, in welcher Himbeeren lagen. „Bambini", sagte Lia, auf die Kinder zeigend.

„Oh ja, die Kinder werden sich freuen!" Rosalie dachte sofort an Grießbrei, dem die roten Früchte neuen Geschmack verleihen konnten.

Paul zog es vor, sich von Lia nach Hause tragen zu lassen, womit er die Männer überraschte. In der Küche wechselte er zu Rosannas Ställchen über, in welchem auch Vincenzo saß, um mit ihr spielen zu können. Paul sammelte das Spielzeug ein, was herausfiel. Bis er keinen Spaß mehr hatte, weil es Rosanna absichtlich hinauswarf, um den lustigen Vogel herumhüpfen zu sehen. Nun renkte sich Vincenzo fast den Arm aus, wenn er versuchte, die Ringe für seine kleine Freundin einzusammeln.

„Er ist jetzt schon ein echter cavaliere", blinzelte Rosalie. „Seine Geduld ist bewundernswürdig." Er hielt nämlich durch, bis das Abendbrot auf dem Tisch stand.

Lia schnitt Pilze, dann durfte sie den Grießbrei für die Kleinen anrühren. Hmm, wie das duftete! Rosalie füllte zwei mittlere und eine kleine Schüssel, die sie mit Himbeeren garnierte. *Drei?* Lia hielt es für ein Versehen und passte lieber auf, dass die Pilze nicht anbrannten. Bernhard schnitt Brot, Antonio füllte Tee in die Becher. Rosalie teilte die gebratenen Pilze zu gleichen Teilen an die Erwachsenen aus. Sie schmeckten vorzüglich. Plötzlich hatte sie das geheimnisvolle dritte Schälchen in der Hand, welches sie Lia vor die Nase schob. „Sie hat alle Pilze und Beeren allein mit Paul gesammelt."

Lia bedankte sich hocherfreut. Ja, das war lecker, auch mit Ziegenmilch. Paul saß auf seinem Regal und schlief schon halb. Er hatte sich mit den aufgescheuchten Insekten den Bauch gefüllt. Da wäre kein Krümel vom Abendbrot mehr mit hinein gegangen.

Als die anderen schon zu Bett gegangen waren, erzählte Rosalie Bernhard und Antonio, was sie über Lia herausgefunden hatte. „Sie ist ein fleißiges, intelligentes Mädchen. Vincenzo mag sie, Paul erst recht und Antonio schaut sie auch ziemlich interessiert an", blinzelte sie zum Schluss.

„Oha! Ist das so offensichtlich?!" Antonio zupfte sich verlegen am Bart.

„Ich bin überzeugt, wenn sie uns sagen könnte, was sie uns gern mitteilen würde, hätten wir viel Stoff, um darüber nachzudenken." Rosalie unterdrückte ein Gähnen. „Ich wäre die Letzte, die es dir verderben würde, wenn du dich eines Tages ernsthaft für sie interessiert. Gute Nacht!"

Die beiden Männer blieben noch ein paar Minuten sitzen und auch Bernhard bekräftigte, Antonio keine Steine in den Weg legen zu wollen. Und der hatte Schmetterlinge im Bauch, als er sich zur Ruhe begab, die eigentlich keine war. Die ganze Nacht drehte er sich wie ein Brummkreisel auf seiner Heusackmatratze. Am Morgen steckte er sogar den Kopf in den eiskalten Wassertrog, um ihn endlich wieder freizubekommen.

Lia huschte beim ersten Hahnenschrei aus ihrer Kammer, wusch sich, ließ die Hühner ins Freie, sammelte die frisch gelegten Eier ein und mistete aus. Denn wenn es den Tieren gut ging, übertrug sich das auf Ritter Bernhard und Rosalie, die dafür sorgten, dass auch alle anderen reichlich Essen auf dem Tisch hatten. Die Ziegen führte sie paarweise an den Ketten an neue Plätze zwischen den Bäumen. Nur den Bock nahm sie einzeln. Der war kräftig und manchmal ziemlich hinterhältig.

Die Hammerschläge, mit denen sie die Pflöcke in den Boden trieb, lockten Leonardo zum Stall, der den Ziegendung auf den Misthaufen trug und einen großen Heuballen bereitlegte. Lia nickte ihm dankbar zu, als sie Hühner- und Ziegenstall mit frischem Einstreu versah. Pferde und Esel waren Sache der Männer.

Vincenzo, vom Treiben auf dem Hof geweckt, entwischte seiner noch schlummernden Mama, um gleich barfuß auf Entdeckung zu gehen. Lia erwischte ihn gerade, als er das Flussufer hinunterrutschen wollte. „No, no, no. Non va bene!" Nein, nein, nein. Das ist nicht gut! Sie schüttelte den Kopf und nahm den kleinen Herrn auf den Arm. Antonio hatte die Szene aus dem Fenster beobachtet und aufgeatmet, als Lia rechtzeitig zur Stelle war. Wenige Wimpernschläge später hörten sie Anna entsetzt aufschreien, die soeben das Fehlen ihres Söhnchens entdeckt hatte.

Sie prallte fast mit Lia zusammen, die gerade vor dem Gästezimmer angekommen war und ihr Vincenzo in den Arm drückte und mit Gesten alles zu erklären versuchte. „Acqua, non va bene!" Wasser, das ist nicht gut!"

„Mein Gott! Er war am Fluss?" Anna schaute ihren Sohn entsetzt an.

Lia zeigte auf die Nervia, weil sie Anna nicht verstanden hatte. Das Wort für Fluss kannte sie nicht. Im nächsten Augenblick zog Anna Lia in die Arme, drückte sie ganz fest und dankbar.

Rosalie, die sich wunderte, dass noch kein Frühstück vorbereitet war, fragte Antonio, der noch immer am Fenster stand: „Weißt du, was da drüben passiert ist?"

„Ja, weiß ich. Der Kleine ist ausgebüxt und Lia hat ihn am Schlafittchen erwischt, als er gerade auf dem Hosenboden zum Wasser runter rutschen wollte. Anna war außer sich, als sie sein Verschwinden bemerkte. Den Rest siehst du ja gerade selber. Ich werde mal Wasser holen. Lia hat jetzt gerade andere Sorgen."

Das war nicht zu übersehen. Anna brauchte ebenfalls Wasser, um den kleinen Schmutzfink sauber zu bekommen. Lia eilte in die Küche, wo sie merkte, dass sie ja noch gar kein Feuer gemacht und auch noch kein Wasser geholt hatte. Aber Vincenzo war wichtiger gewesen. Rosalie sah das ganz genau so, als sie mit Holz hereinkam, Antonio füllte den Wasserkessel und ganz langsam glätteten sich die Wogen.

Rosalie schöpfte etwas ab, als es warm genug war, Lia trug es zu Anna und eine halbe Stunde später saßen alle am Tisch und versuchten, sich zu beruhigen.

„Am liebsten würde ich Lia wieder mitnehmen, als Kindermädchen für Vincenzo", seufzte Anna.

„Sei froh, dass sie das nicht versteht", gab Rosalie zu bedenken. „Sie ist ganz der Typ, der fliehen und sich irgendwie in die alte Heimat durchschlagen würde. Sie ist kein Stadtmensch. Sie braucht die Natur, die Tiere, Pflanzen und eine gewisse Freiheit, die ihr die Stadt nicht bieten kann."

Lia hatte ihren Namen gehört, die ernsten Gesichter gesehen und war aufgesprungen. Sie ahnte wohl, worum es gegangen war, denn sie kniete sich neben Rosalie auf den Boden, barg ihr Gesicht in deren Schoß und begann zu weinen.

„Das habe ich nicht gewollt", flüsterte Anna, während Rosalie vergeblich versuchte, Lia zu trösten.

Paul saß auf dem Regal, schniefte und begriff die Welt nicht mehr. Warum flossen Tränen bei Lia? Er flatterte auf den Tisch, obwohl er es eigentlich nicht durfte, wenn Essen darauf stand, und zupfte an Lias Kleid.

„Siehst du, Paul sagt auch, dass du hier bleiben sollst", schmunzelte Rosalie über die Bemühungen des intelligenten Vogels.

Lia zog die Nase hoch und fasste blindlings nach Paul, der auf ihre Schulter hüpfte, und seinen Schnabel an ihrem Hals rieb.

„Das tut mir so leid. Wenn ich es ihr nur sagen könnte!", klagte Anna. Sie stand auf, um Lia noch einmal ganz fest zu umarmen. „Stai con Rosalie." Du bleibst bei Rosalie.

„Grazie!" Schluchzte Lia.

Rosalie hatte wieder den rettenden Einfall. „Lia, Paul und Antonio gehen jetzt Pilze suchen." Sie packte ein wenig Mundvorrat in den Korb, welchen sie Antonio in die Hand drückte. Paul saß unter dem Gelächter der Anwesenden mit einem Satz ebenfalls im Weidengeflecht und ließ sich tragen. Antonio hielt Lia die Hand hin und zog sie einfach aus der Küche.

Ein Kindermädchen für Rosanna

„Da hab ich ja was angerichtet", stöhnte Anna. „Dabei habe ich es lustig gemeint."

Rosalie seufzte: „Wer weiß, was das arme Ding schon erlebt hat. Du kannst ja selber ein Lied davon singen, wie es ist, wenn man sich nicht wehren kann."

Bernhard nickte düster. „Habt ihr die Narben an den Handgelenken gesehen? Sie muss lange Zeit mit einer festen Schnur gefesselt gewesen sein."

„Die Piraten sind nicht zimperlich", bestätigte Anna. „Vieh behandeln sie besser als Menschen. Hoffentlich kommt Luciano unversehrt nach Hause."

„Sanna!", rief Vincenzo, vom Schoß seiner Mama springend. Er stürzte auf das Ställchen zu, wo Rosanna soeben ihre Kletterkünste unter Beweis stellte, und fast kopfüber auf den Boden gefallen wäre, weil alle mit ihren Gedanken woanders waren. Jetzt klammerte sie sich an ihn und beide plumpsten zusammen, aber etwas gemäßigter, auf den Boden.

„Auf dich fliegen die Frauen heute irgendwie", kicherte Rosalie bei Vincenzos Anblick, dann beiden Kindern aufhelfend. „Wie du siehst, liebe Anna, werde ich die Hilfe von Lia auch dringend brauchen, wenn ich auf dem Hof irgendeine Arbeit fertig bekommen will."

„Unbestritten", schmunzelte Bernhard. „Würde mich nicht wundern, wenn unsere Tochter eines Tages lieber mit Pfeil und Bogen als mit Holzpüppchen spielt."

Indes strebten Lia und Antonio mit Paul dem Wald zu, wobei Antonio Lia erst losgelassen hatte, als die auf der Straße angekommen waren. Dann unterhielten sie sich mit Händen und Füßen, worüber Paul oft herzlich krächzen musste. Sein nachgeahmtes Lachen animierte die Pilzsucher, wirklich jedes Thema durchzugestikulieren, wo es andere durchgehechelt hätten.

Antonio, der nautisch Versierte, zeichnete die Küstenlinie von Kreta auf den Boden und setzte Kreuze, für die Siedlungen, die er kannte. Bald war klar, dass sie am Kap Tigani gelebt hatte. An dem Tag als die Piraten kamen, hütete sie mit ihren drei jüngeren Brüdern Schafe. Sie wurden mitsamt der Herde verschleppt und Lia von ihren Brüdern getrennt, die man mit den Tieren auf ein anderes Schiff trieb. Der Boden war nach der Unterhaltung mit Bildchen übersät, wie eine ägyptische Totenkammer mit Hieroglyphen.

Wie es Antonio auch mit Rosalie und Bernhard machte, begann er bei Lia ganz nebenbei mit dem Sprachunterricht. Und die wollte liebend gern lernen. Sie wiederholte und fragte, bis sie es richtig begriffen hatte.

Paul war aus dem Korb gehüpft und am Waldrand im Unterholz verschwunden. Da gab es Käfer, Würmer und allerlei Dinge, mit denen man sich die Zeit vertreiben konnte. Sein aufgeregtes Krächzen schreckte die beiden Menschen auf, die sich beeilten, zu ihm zu kommen. Bei ihrem Anblick begann er glucksend, wie eine Henne, herumzustolzieren, die soeben ein Ei gelegt hatte.

Einen Wimpernschlag später war klar, dass er allen Grund hatte, stolz zu sein – er hatte nämlich einen Hexenring aus essbaren Pilzen entdeckt, der schon allein den Korb zur Hälfte füllte. Lia streichelte Paul dankbar und brach ein Stückchen Brot vom Vorrat für ihn ab.

Antonio zählte laut für Lia die Pilze: „diciannove", gab er bekannt. Neunzehn.

„Diciannove", wiederholte Lia und sagte schließlich: „Diciannove funghi." Neunzehn Pilze.

Antonio nickte schmunzelnd.

Dann zeigte sie mit den Händen große gewundene Hörner neben ihrem Kopf und Antonio sagte sofort: „Le pecore." Die Schafe.

„Ahhh, sì, sì, le pecore." Lia versuchte, sich das Wort für Schafe einzuprägen.

Eine halbe Stunde später war der Korb randvoll mit Pilzen und sie beschlossen, zurückzugehen. Paul fiepte wie ein junger Hund, weil kein Platz für ihn war. Lia zeigte auf ihre Schulter und der Rabe nahm die Einladung dankend an.

„Gli piaci", blinzelte Antonio. Er hat dich gern. Leise fügte er hinzu: Mi piaci." Ich habe dich gern.

Lia wurde puterrot, obwohl sie nur ahnte, was die Worte bedeuteten. „Davvero?", fragte sie. Wirklich?

„È vero." Das ist wahr. Antonio lächelte, heftig nickend. „È vero." Er hielt ihr die Hand hin, die sie auch ergriff und erst wieder losließ, als sie die Brücke erreichten.

„Die Hälfte hat Paul gefunden", erklärte Antonio, den Korb auf den Tisch stellend.

„Diciannove funghi." Lia sprach die Worte mit zusammengekniffenen Augen, um sich an den Klang erinnern zu können.

„Stimmt! Ganze 19 Pilze hat er mit einem Mal entdeckt!" Antonio freute sich, dass es Lia fehlerfrei sagen konnte. „Und ich habe entdeckt, wo sie gelebt hat und was sie gerade machte, als die Piraten kamen." Er berichtete, was er herausgefunden hatte.

„Deshalb kennt sie sich auch mit kleinen Kindern so gut aus", strahlte Rosalie.

In den nächsten Tagen durfte sich Lia auch mehr mit den Kindern beschäftigen, als sie auf dem Hof helfen musste. Die beiden liebten es, mit ihr auf der Wiese zu sitzen, wo sie ihnen Blumenkränze flocht. Als die Esel vorbei trotteten, setzte sie zuerst Vincenzo auf Nino, und hob dann Rosanna vor diesen auf den Rücken des Tieres. Vincenzo hielt seine kleine Freundin fest und Lia führte den Esel ganz langsam über die Wiesen und am Ufer entlang. Matteo folgte ihnen wie ein Schatten. Natürlich besuchten sie auch Bernhard in der Schmiede.

„Schau an, schau an, hoch zu Ross!", lachte er und die Kinder winkten fröhlich.

Der Zufall wollte es, dass sie auch gerade wieder mit dem Esel unterwegs waren, als Luciano eintraf. Der staunte nicht schlecht, die beiden so zu sehen.

„Laufen kann sie noch nicht, sie lernt erst mal reiten", erklärte Bernhard mit einem Blinzeln, Rosanna vom Esel hebend, wie es Luciano mit Vincenzo machte.

Lia klopfte dem Tier den Hals und führte es auf die Wiese. Dann widmete sie sich dem Unkrautzupfen zwischen den Beerensträuchern. Anna und Rosalie kamen vom Olivenhain herbei, um Luciano zu begrüßen.

„Antonio war gerade auf dem Weg zur Burg, als ich aus dem Tor fuhr", verriet Luciano. „Ich habe ihn auf dem hellen Pferd fast nicht erkannt."

„Wir reiten sie alle, damit sie in Übung bleiben und auf jeden Wink reagieren", erwiderte Bernhard. „Aber erzähle, wie ist es dir ergangen?"

„Wir haben ein Schiff mit Mann und Maus versenkt", verriet Luciano. „Wir hatten eine große Kanone auf einem Felsvorsprung verborgen und konnten beide Segler direkt an der Wasserlinie treffen. Das erste Schiff sank innerhalb weniger Minuten. Fischer sind sofort hinunter getaucht, um Schätze zu bergen. Das zweite Schiff lief auf den Strand auf und wir haben die Mannschaft niedergekämpft. Von ihnen hat keiner überlebt. Wir haben zwei Tote zu beklagen und viele Verletzte."

„Und du?", fragte Rosalie.

„Nur Kratzer", gab Luciano schnell bekannt und alle ahnten, dass die doch etwas tiefer sein mussten, weil er schmerzhaft das Gesicht verzog, als er seinen Sohn auf den Wagen hob.

„Das zweite Schiff hatte Stoffe geladen, Metalle und seltene Hölzer", erzählte er weiter. „Ich habe euch eine Kleinigkeit mitgebracht." Er öffnete zwei Pakete. „Stoff für Rosalie, Kupfer und Zinn für Bernhard und Palmholz für Antonio."

Rosalie entdeckte zwischen den Stoffen eine wundervolle Holzperlenkette. „Oh, da kenne ich jemanden, der sich darüber riesig freuen wird und sie sich hart verdient hat. Lia! Komm doch bitte mal her!"

Das junge Mädchen ließ alles stehen und liegen, eilte herbei und schaute Rosalie fragend an. Die sagte kein Wort, streifte ihr nur die Kette über den Kopf und wartete ab.

Lias Augen wurden immer größer und ein gehauchtes: „Ohhhhhhh!", zeigte an, wie hingerissen sie war. „Grazie mille, è bello!" Vielen lieben Dank, das ist wunderschön! Sie trug die Kette sofort in ihre Kammer, damit dem herrlichen Stück ja nichts zustieß.

„War ich so lange weg, dass sie plötzlich sogar unsere Sprache spricht?!", staunte Luciano.

„Sie hat einen guten Lehrer!", erklärte Anna.

„Ach, ich glaube, von dem habe ich schon mal gehört!", rief Luciano blinzelnd.

Rosalie bediente am Abend ihre Gäste selber, sodass sich Lia, Antonio und Leonardo zum Essen in den Raum zurückzogen, wo im Winter immer die geselligen Abende stattfanden. Nur einmal rief Rosalie nach Antonio und bat um einen Krug Wein, den er ihr sofort brachte.

Lia erzählte mit Händen und Füßen von der wundervollen Kette, die sie aus dem Schatz der Piraten erhalten hatte. Antonio hätte ihr eine aus purem Gold gewünscht. Und schon wieder kam ihm eine Idee – der Erklärung nach, schienen die Perlen aus Palmholz zu sein und er hatte doch einen Armvoll Holz bekommen ...

Am nächsten Morgen verabschiedeten sich die Spinola von den Ontani, wie man Bernhards Familie nun offiziell nannte. Antonio half beim Beladen des Wagens. Rosanna und Vincenzo konnte man nur schwer voneinander trennen und auch nur unter Tränen auf beiden Seiten.

Erst als Luciano versprach: „Wir besuchen Rosanna wieder", war Vincenzo bereit, auf dem Wagen zu bleiben. Er winkte Rosanna auch so lange zu, bis der Wagen hinter einer Biegung verschwand. Dass er einen der ehemaligen Beißringe Rosannas als Armreifen trug, hatten weder Papa noch Mama bemerkt.

Kaum waren die Spinola weg, gab sich Lia noch mehr Mühe mit dem Sprechen und Lernen. Sie hatte wohl immer noch Angst gehabt, mit fortzumüssen, könne sie zu viel. Damit Rosanna eines Tages perfekt in der Welt der Hochgeborenen zurechtkäme, bekam Antonio den festen Auftrag, sie zweisprachig anzusprechen und später zu unterrichten. Jetzt lernte Rosanna natürlich nur spielerisch, damit sie als fröhliches Kind aufwachsen konnte. Dass Lia die Ohren spitzte, war logisch und auch so gewollt. So konnte sie beide fremde Sprachen ohne Stress für sich entdecken.

Als Rosanna sicher auf ihren zwei Beinen die Welt erkunden konnte, zeigte Lia, dass sie starke Nerven hatte und durch jüngere Brüder so einiges gewohnt war. Kein Baum war zu hoch, um hinaufzuklettern, kein Wasser zu tief, um nicht darin zu planschen. Lia musste ihre Augen buchstäblich überall haben. Manchmal war es nur Paul zu verdanken, dass nichts Schlimmeres passierte. Wenn der einen sirenenartigen Ton von sich gab, sprintete Lia dahin los, woher der Laut ertönte. Mal balancierte Rosanna auf dem Brückengeländer, mal stieg sie auf eines der Pferde und einmal versuchte sie gar, mit dem Eimer in den Brunnen zu fahren, um zu testen, wie tief das Wasser sei.

„In ihr müssen drei aufgeweckte Jungen stecken", seufzte Bernhard an manchen Tagen. Er schaute dann stets Rosalie an: „Warst du auch so?"

„Nicht ganz so schlimm", wiegelte die dann meist verlegen grinsend ab.

„Na, ob das jemand glaubt?" Bernhard zog zweifelnd die Augenbrauen nach oben.

Rosanna wurde aber auch nicht zahmer, als sie mehrere Stunden am Tag Lesen, Schreiben und Rechnen lernen musste. Das sprach sich natürlich auch bis nach Dolceacqua herum und Oberto legte Bernhard nahe, ihr eine gute Kampfausbildung zu geben.

Einen Teil davon übernahm Rosalie ohne Aufforderung, die ihrer siebenjährigen Tochter und Lia einiges beibrachte, wie man sich im 21. Jahrhundert gegen sexistische Übergriffe wehren konnte. Da ihre Mama sagte, es sei Geheimwissen und nur für Mädchen, ließ Rosanna nicht einmal ihren Vater gegenüber ein Wort verlauten.

Wie anders hätten sich die Frauen der Mühle verteidigen sollen, wenn die Männer im Auftrag des Admirals nicht zu Hause waren?

Bei solch einer Übungsstunde gestand Lia Rosalie, dass sie Antonio liebe und eigentlich nichts dagegen habe, wenn er sie am Stellen berühre, wo es andere nicht sollten.

„Das ist ja auch gegen Schufte gedacht und nicht gegen ehrenhafte Männer", hatte Rosalie blinzend gemeint. „Ich freue mich doch, wenn ihr euch wirklich so sehr lieb habt."

Antonio war einer jener Ehrenmänner, wie Rosalie ganz genau wusste. Der schmuste zwar ausgiebig mit Lia, zog aber zeitig genug die Notbremse, ehe ihm die Sicherungen durchbrannten. Und eines Tages bat er Bernhard und Rosalie, Lia heiraten zu dürfen.

„Das hat aber gedauert!", witzelte Rosalie.

„Drei Jahre?" Antonio zählte im Stillen noch einmal nach. „Es ist ja schließlich eine Entscheidung für den langen Rest des Lebens."

„Das ist allerdings wahr", blinzelte Bernhard.

An der Trauung in der kleinen Kirche in Isolabona nahm das halbe Dorf teil und bei der Feier auf dem Hof der Mühle waren auch mehr als 40 Gratulanten versammelt. Es heiratete ja auch nicht irgendwer, sondern der angesehene Verwalter eines Ritters, der sich in der Region einen Namen gemacht hatte. Und Antonio war seine junge Frau eine große Feier wert.

Am Morgen nach der Hochzeitsnacht saßen sie alle zusammen in der Küche und Antonio meinte mit breitem Grinsen: „Nun ist Ebbe im Geldsäckel, aber ich bin glücklich."

„Da hast du doch das Geld gut angelegt", blinzelte Bernhard verschmitzt. „Vor allem kann nun keiner mehr das absurde Ansinnen stellen, dir deinen Schatz wegnehmen zu wollen."

„Hätten sie mich damals wirklich wieder mitgenommen, nachdem es hieß, ich dürfe bei euch arbeiten, wäre ich von irgendeiner Brücke in irgendeinen Fluss gesprungen oder von einer Klippe ins Meer", erklärte Lia.

„Das war ziemlich offensichtlich", merkte Rosalie an. „Ich hätte dich aber auch nicht mehr hergegeben. Das wäre mir sogar einen Appell an Luciano wert gewesen. Anna hat übrigens noch heute ein schlechtes Gewissen wegen des Scherzes damals, der in die falsche Richtung gegangen ist."

Rosanna liebte es sehr, bei Lia zu sein. Sie zupfte sogar stundenlang mit Unkraut, in der Hoffnung, danach mir ihr spielen zu können. Bei Lia durfte sie auch immer auf einem der Esel reiten oder beim Abwaschen helfen. Lia schaffte es immer wieder, Rosanna Freude an der Arbeit auf dem Hof zu vermitteln, die man ihr selbst auch anmerkte.

Die Spinola kamen in jedem Sommer für zwei Wochen zur Mühle. Meist unternahmen die Erwachsenen Tagesausflüge hoch zu Ross, während sich Antonio um das Wohl der Kinder kümmerte. Auf den Zugpferden des Wagens brachte er ihnen das richtige Reiten bei, flocht eine Zielscheibe, an der Vincenzo seine Künste im Bogenschießen demonstrieren konnte, und wunderte sich kein bisschen, dass es ihm Rosanna bald nachahmte.

Die beiden waren stets unzertrennlich und bei Rosanna flossen immer reichlich Tränen, wenn Vincenzo wieder nach Hause fuhr. Dann hatte Lia alle Hände voll zu tun, Rosanna zu trösten.

Rosanna war gerade 11 Jahre alte geworden, als Antonio mit sorgenvollem Gesicht von der Burg zurückkam. Er zog Bernhard in den Pferdestall. „Man munkelt, es sei Mordgesindel auf dem Weg ins Tal. Es ist sogar die Rede davon, die Frauen zu entführen", flüsterte er aufgeregt.

„Wieviele Männer sind in der Burg?", fragte Bernhard düster.

„Keine. Das ist ja meine größte Sorge. Wir können nicht einmal Verstärkung holen." Antonio hob hilflos die Hände.

„Hol alle zusammen! Kriegsrat!", zischte Bernhard.

An diesem durfte auch Rosanna teilnehmen, die wie eine Amazone ritt und vom Pferderücken aus mit dem Bogen jedes Ziel traf.

„Keiner geht ohne Dolch aus dem Haus!", legte Bernhard fest. „Niemand geht allein vom Hof und Fremde sind sofort zu melden!"

Alle nickten und gurteten die Waffen um. Rosalie steckte mit Rosanna und Lia die Köpfe zusammen. Lia knirschte mit den Zähnen. Noch einmal würde sie keiner ungestraft verschleppen. Rosalie sprach mit ihnen über die miesesten Tricks, die sie in den übelsten Filmen im Kino gesehen hatte. Rosanna und Lia sahen sich kurz an, schürzten die Lippen und hatten wohl schon, jede für sich, eine passende Technik gefunden, die funktionieren sollte.

Übernervös war nur Leonardo. Der war kein Kämpfer und auch nicht besonders mutig. Er wollte doch bloß in Frieden arbeiten und sonst nichts!

Am übernächsten Tag meldete Paul fremde Pferde. Vier Stück, den Steinen nach, welche er auf den Tisch legte. Ein paar Sekunden später alarmierte Rosalie die Mühlenbewohner, die sich auf alles gefasst machten. Da waren die Reiter auch schon heran und ließen ihre Tiere im Schritt gehen, um das Areal genau überblicken zu können. Bernhard und Antonio knirschten mit den Zähnen, denn solche Typen pflegte Rosalie als *Gelichter* zu bezeichnen. An denen war alles faul, nur hatte man keine Handhabe gegen sie, solange sie friedlich blieben. Dumm gucken, war ja kein Verbrechen.

Natürlich sahen alle die Seilpacken, die sie hinter die Sättel geschnallt hatten. Aber auch das war kein Verbrechen, solange man damit niemanden auf ein Pferd fesselte, um ihn zu entführen. Die Fremden passierten die Mühle und bald verdeckten Sträucher die Sicht.

Plötzlich horchte Antonio auf. „Sie haben angehalten."

Dann ging alles ganz schnell und ausgerechnet der friedliebende Leonardo sollte der Erste sein, der einen Feind niederstreckte.

Wildkatze Rosanna

Zwei Männer waren durch den seichten Fluss geritten und hatten versucht, das fast reife Getreide anzuzünden, um von ihrem Angriff abzulenken. Leonardo schwoll die Zornesader. So viel Mühe und alles sollte ein Raub der Flammen werden? Er sah dunkelrot und griff nach mehreren ziegelgroßen Steinen, die er, ohne weiter nachzudenken, auf die Männer schleuderte. Der mit dem Zunderschwamm sackte zusammen und blieb reglos liegen. Der andere zog einen ziemlich langen Dolch, gegen den sich Leonardo geistesgegenwärtig mit seiner Sichel zur Wehr setzte, bis ihm Antonio zu Hilfe kam. In der Aufregung dachte Leonardo gar nicht daran, selbst auch ein langes Messer am Gürtel zu tragen.

Der dritte Fremde drang mit einem Schwert auf Bernhard ein, während der vierte Rosalie und Lia einfach umritt. Rosanna hatte sich mit einem Sprung retten können, und versuchte, zum Stall zu rennen, um sich mit einer Mistgabel zu bewaffnen. Das Pferd war natürlich schneller und sie bekam vom Reiter einen Fußtritt zwischen die Schulterblätter. Wie eine gefällte Eiche kippte sie zu Boden. Ehe sich Rosalie und Lia aufgerappelt hatten, war der Kerl vom Pferd gesprungen, hatte Rosanna gepackt, sie mit der Handkante bewusstlos geschlagen, auf sein Tier gezerrt und war davon geritten.

Antonio hatte seinem Gegner inzwischen das Lebenslicht ausgeblasen, während Leonardo den anderen fesselte, weil er nicht sicher war, ob der noch mal aufwachen werde. Bernhard schnitt seinem Kontrahenten soeben die Kehle durch und Rosalie erklärte in wenigen Worten, was noch geschehen war. Lia hatte die Pferde der Verbrecher eingefangen, auf die sich Bernhard und Antonio sofort schwangen, da jede Sekunde zählte.

Irgendwo zwischen Isolabona und Dolceacqua kam Rosanna wieder zu sich. Wenige Augenblicke genügten ihr, die Lage zu erfassen. Sie war ungefesselt. Nicht willens, auf irgendwas Rücksicht zu nehmen, riss sie sich ihre geschmiedete Haarnadel herunter und stach sie dem Pferd mit einem Ruck in den Hals.

Das entsetzte Gesicht des Mistkerls, der sie k. o. geschlagen hatte, hätte ihr sicher ausnehmend gut gefallen, als das Pferd, rasend vor Schmerz, zu Boden ging, dabei Reiter und Gefangene mit sich riss. Rosanna, darauf gefasst, die Hölle losbrechen zu sehen, konnte geschickt abrollen und auf die Füße kommen, obwohl sie die Folgen des Nackenschlages noch deutlich spürte. In der einen Hand den gefährlichen Haarschmuck, in der anderen ihren Dolch, sprang sie dem völlig verdatterten Mann auf die Brust und stach ihm die Augen aus.

„Dreckskerl", murmelte sie angewidert. „Du hättest auch keinen verschont. Zudem bin ich eine Frau, ich muss nicht ritterlich handeln, wenn es um mein Leben geht."

Als Bernhard und Antonio die Stelle erreichten, stand sie wie eine Rachegöttin mit blutigen Waffen neben ihren beiden Opfern. Ritter Bernhard war mit einem Satz vom Pferd, um seine tapfere Tochter fest in die Arme zu schließen.

„Unglaublich", murmelte Antonio. „Sind beide tot?"

„Keine Ahnung", erwiderte Rosanna. „Es wäre schade um das hübsche Pferd."

Die Männer begannen schallend zu lachen. Rosanna hatte den Überfall offenbar bestens weggesteckt. Sie machte auch ganz und gar nicht den Eindruck, sich Schutz suchend in Vaters Obhut begeben zu wollen.

Antonio kniete neben dem Pferd, das zitternd am Boden lag. „Das kriegen wir vielleicht wieder hin. Es hat nur einen schweren Schock." Dann wechselte er zu dem Geblendeten hinüber. „Sieht unschön aus, lebt aber auch. Bringt ihn ins Verlies der Doria. Da wird er sicher nicht so komfortabel untergebracht werden, wie damals ich. Ich bleibe bei dem Pferd."

„Geht klar!", sagte Rosanna, ihrem Vater dabei helfend, den halb toten Verbrecher zu fesseln und auf Antonios Pferd zu werfen. Sie stieg bei ihrem Vater mit auf.

Die Turmwache meldete die Ankömmlinge und Oberto Doria fiel fast aus allen Wolken, als er erfuhr, was sich zugetragen hatte. Man zerrte den Gefangenen vom Pferderücken und schleifte ihn einfach in den Kerker. Fraglich, ob er den nächsten Morgen erleben werde.

Der Blick, mit dem der Admiral die zierliche Rosanna maß, hätte einem Halbgott zur Ehre gereicht. „Wenn ich nicht genau wüsste, wie Eure Tochter und Vincenzo zueinander stehen, würde ich sie mir glatt als Schwiegertochter reservieren. Ihr wisst ja, dass ich vier Ziehsöhne habe. Aber ich weiß, dass ich damit möglicherweise einen handfesten Krieg mit den Spinola vom Zaun breche. Luciano hegt schließlich ähnliche Gedanken."

„Ohhh, haaaa", murmelte Bernhard. „Ich kann nur hoffen, dass sie dann so vernünftig ist, ihn nicht abzuweisen. Sonst sind meine Tage gezählt." Er hatte nicht geahnt, dass die wirklich hohen Herren seine Rosanna gern als Schwiegertochter aufnehmen würden. Nun steckte er, ohne es zu wollen, mitten in den Geschehnissen, die über Wohl und Wehe ganzer Dynastien entscheiden konnten.

Oberto klopfte ihm tröstend auf die Schulter. „Auf alle Fälle sollte der zukünftige Gatte kämpfen können und starke Nerven haben. Ich glaube, er wird sie brauchen, wenn er eine Wildkatze zähmen will. Ich könnte mir vorstellen, dass die Mama ihrer Tochter einiges aus der wundervollen Welt beigebracht hat, der sie entstammt."

„Oh ja, vor allem, wie man sich mit Haarnadeln befreit", seufzte Bernhard, worauf Oberto ein breites Grinsen aufsetzte.

Rosanna saß bei ihnen, mit einem sanften Lächeln, als habe sie weder verstanden, worum es ging, noch als könne sie irgendein Wässerchen trüben. Für Oberto gab es eigentlich nur zwei Möglichkeiten: Entweder das gerissene Fräulein werde ihren zukünftigen Gatten zu höchstem Ansehen verhelfen oder ihn zugrunderichten. Wie dem auch sei, sie imponierte ihm.

Als sie ihn beim Abschied bat, ihr ein Pferd für Antonio zu leihen, damit sie es nicht von zu Hause holen müsse, brachte er ihr das Tier eigenhändig. Die verblüfften Gesichter seiner Männer beantwortete er mit einem überaus breiten Grinsen. Gäbe es nicht schon eine Frau, hätte er sogar, trotz seines fortgeschrittenen Alters, ernsthaft darüber nachgedacht, den hübschen Wildfang selbst zu ehelichen.

„Überspanne den Bogen nicht, junge Dame", legte ihr Bernhard nahe, als sie außer Hörweite waren. „Die Gunst der hohen Herren ist zerbrechlicher als Glas."

„Ich will nur nicht, dass er länger darüber nachdenkt, mich mit einem seiner Söhne zu verheiraten", erwiderte Rosanna kichernd.

„Na, das dürfte dir schon gelungen sein", stellte Bernhard nüchtern fest. „Aber ganz im Vertrauen: Mir ist Vincenzo auch höchst willkommen und tausend Mal lieber, als einer den ich nicht gar nicht kenne."

Rosanna nickte. „Bei Anna und Luciano weiß ich, dass sie mich wirklich gern haben."

Antonio riss die Augen auf, als Vater und Tochter mit einem fremden Pferd zurückkamen. „Ihr wart doch nicht etwa schon zu Hause?", fragte er verunsichert.

Bernhard schüttelte grinsend den Kopf. „Rosanna befand es für angemessen, sich das Tier bei Oberto auszuleihen."

„Oh, oh, wo soll das noch hinführen?", stöhnte Antonio gespielt theatralisch.

„Zu einem fast Heiratsantrag für einen seiner Söhne", kicherte Bernhard.

„Ach herrje!", war alles, was der Verwalter herausbrachte, Rosalie aber in einer grotesken Mischung aus Bewunderung und Entsetzen musternd.

„Unser Glück ist nur, dass er einen offenen Krieg mit den Spinola vermeiden will, weil sich die Kinder von Herzen zugetan sind. Du kennst das Drama, wenn sie nach Hause reisen. Dann ist stundenlang Hochwasser aus Tränen."

„Ach herrje!", wiederholte Antonio.

Rosanna war mit dem verletzten Pferd beschäftigt. Es stand zwar wieder, zitterte aber noch immer wie Espenlaub. „Was meinst du? Wäre es nicht toll, wenn wir ein paar Schritte gehen und du bei mir zu Hause auf der Koppel nach Herzenslust grasen kannst? Na komm, wir probieren es!" Sie nahm links das geborgte Pferd und rechts das erbeutete am Zügel und lief ganz langsam los. Beide Tiere folgten ihr. „Es geht doch!", lobte sie und streichelte ihr Beutestück.

„Bringe Oberto am besten gleich sein Ross zurück", schlug Bernhard vor, worauf sich Antonio auf den Weg machte. Bernhard stieg ab, um neben Rosanna her zu gehen, die kein Geheimnis daraus machte, den ganzen Weg zu Fuß zurückzulegen, um den Zossen heil nach Hause zu bringen. Alles, was sie im Kampf erobert hatte, gehörte einzig und allein ihr: das Pferd mit Sattel, Zaumzeug und Reisesack, sowie die gesamten Waffen des Fremden. Sie brannte zwar darauf, zu ergründen, was ihr alles zugefallen war, aber das wollte sie daheim in Ruhe tun.

Weder sie noch die anderen ahnten, dass auf jenem Pferd, das Antonio gerade auf der Burg abgegeben hatte, Minuten später ein Bote nach Imperia galoppierte, um die Spinola von den Vorgängen im Tal zu benachrichtigen. Er trug einen langen Brief bei sich, den Oberto geschrieben hatte, als Vater und Tochter gerade vom Hof der Burg geritten waren.

Bernhard schickte Antonio nach Hause, um die Frauen zu beruhigen und sie vom guten Ausgang der Suche zu unterrichten. Er half Rosanna, das geschwächte Pferd an den Fluss zu führen, damit es wenigstens trinken konnte. Es werde sicher noch zwei Tage dauern, ehe es den hohen Blutverlust ausgeglichen habe und man genau sagen könne, ob es wirklich über den Berg sei. Bis dahin war auch nicht daran zu denken, es mit irgendwas zu belasten. Mit hängendem Kopf stolperte es schließlich an der Seite seiner neuen Besitzerin weiter.

Rosalie ließ alles aus den Händen fallen, als Paul die Heimkehrer meldete, rannte ihnen entgegen und zog ihre mutige Tochter mit Tränen in den Augen an ihre Brust. „Ich bin so stolz auf dich, mein Kleines", flüsterte sie. „Für deinen Vierbeiner habe ich eine Schüssel Hafer bereitgestellt, damit er schnell wieder zu Kräften kommt."

Auf alle Fälle hatten zwei Siedlungen für die nächsten Wochen ausreichend Gesprächsstoff und die Familie Ontani weiter an Ansehen gewonnen. Erst recht, nachdem Leonardo seine Eltern besucht und ganz detailliert beschrieben hatte, wie der Überfall abgelaufen war, und dass Rosanna das blutige Kriegshandwerk der Männer nicht weniger gut beherrschte.

Die drei Toten waren in einem Armengrab am Rande des Friedhofs verscharrt worden, der vierte am übernächsten Morgen auf jenem der Burg. Er war gar nicht mehr zu Bewusstsein gekommen.

Heiratsdiplomatie

Die Spinola nahmen die Nachricht von der Ankunft eines Boten der Doria mit äußerster Unruhe zur Kenntnis. Denn die schickten nur nach Luciano, wenn handfeste Scharmützel anstanden. Man ließ den Gesandten deshalb auch sofort vor, nahm das Schreiben entgegen und bat einen Knecht, sich um das Wohl des Mannes zu kümmern. Schließlich war es üblich, sofort eine Antwort zu schicken, mündlich oder schriftlich.

Luciano brach das Siegel und begann im Kreise der Familie zu lesen. Sein Gesichtsausdruck wechselte von Erschrecken zu Zorn, dann zu einem amüsierten Grinsen und schließlich zu einem behaglichen Lächeln.

„Was steht drin?", rief Anna, neugierig geworden, und auch Vincenzo schaute fragend.

„Dass ich Ritter Bernhard schleunigst um die Hand seiner Tochter für unseren Sohn bitten sollte, ehe uns die Ziehkinder des Admirals zuvorkommen", brachte es Luciano auf den Punkt.

„Zeig!" Anna riss dem schmunzelnden Luciano den Brief aus der Hand.

Vincenzo war schreckensbleich geworden. Die Möglichkeit, dass ihm ein anderer Rosanna wegnehmen könne, hatte er nicht einmal im Traum in Betracht gezogen.

„Du bist noch zu jung, um die ganze Tragweite verstehen zu können", hörte er seinen Vater sagen. „Die Zeit drängt, ich reite morgen zur Mühle und handele ein Eheversprechen aus."

„Nimmst du mich mit?", bat Vincenzo.

„Gern. Aber jetzt lies erst einmal, was der Admiral zu sagen hat."

Anna reichte den Brief weiter und amüsierte sich, wie ihr Sohn die Farbe wechselte. Wortlos gab er das Schreiben zurück, nur sein Blick sprach Bände. Der alternde Admiral hatte seine Meinung bezüglich der jungen Ontani ziemlich offenherzig dargelegt. Es stand ernsthaft zu befürchten, dass auch andere gut betuchte Ritter mit einer Verbindung liebäugelten.

„Traust du es Bernhard zu, Rosanna anderweitig zu versprechen?", fragte Anna, als Vincenzo das Zimmer verließ.

Luciano schüttelte den Kopf. „Das würde er nur tun, wenn er damit einen Krieg verhindern könnte. Seiner Familie liegt nichts daran, Geld, Güter und Macht anzuhäufen. Wenn Rosanna das einzige Kind bleibt, oder kein Sohn geboren wird, verschwindet der Name Ontani eines Tages wieder im Nebel der

Weltgeschichte, genau so plötzlich, wie Rosalie und Bernhard aufgetaucht sind."

„Was willst du als Geschenk in Aussicht stellen?"

„Castello di Campo Ligure. Dann ist die Kontrolle des Tales des Stura auch weiterhin gewährleistet und es spült Geld in die Tasche der Familie." Luciano wanderte mit auf dem Rücken verschränkten Armen auf und ab. „Wir erfahren sofort, wer aus dem Piemont nach Ligurien an die Küste kommt und können entsprechend reagieren. Dein Vater wird nicht böse sein, wenn der Enkel im direkten Machtbereich der Stadt Genua residiert."

Im Nerviatal ahnte man nichts von alledem. Jeder ging seiner Arbeit nach und Rosanna trainierte täglich ihre Fertigkeiten mit Pfeil, Bogen, Dolch und nun auch mit dem Schwert, welches sie in ihren Besitz gebracht hatte. Paul hockte auf dem Schleppdach der Schmiede, schaute zu und krächzte vergnügt, wenn die kleinere und sehr viel schwächere Rosanna Antonio in Bedrängnis brachte.

Nicht ganz eine Woche nach dem Überfall meldete er erneut Pferde. Diesmal nur zwei Reiter, die er zu mögen schien, denn er hüpfte fröhlich aufgeregt über den Tisch.

„Schade, dass du nicht wirklich reden kannst", seufzte Rosanna.

Wenig später tauchten die Reiter auf. Trabten über die Brücke und warfen Leonardo die Zügel zu, auf dass er sich um die Tiere kümmere.

„Was ist passiert?", fragte Bernhard beunruhigt, weil Anna nicht bei ihnen war und die Pferde einen Gewaltritt hinter sich haben mussten, so wie sie schäumten.

„Nichts. Hoffe ich", erklärte Luciano mit einem verschmitzten Lächeln und Bernhard ahnte tief im Inneren den Grund des Besuchs. „Bei euch muss es ja heiß hergegangen sein!", rief er, als er Bernhard die Hand reichte.

„Hat sich das schon so weit herumgesprochen?", staunten alle.

„Es war dem Admiral sogar einen persönlichen Brief wert", schmunzelte Luciano.

„Au weia", murmelte Rosanna und konnte sich plötzlich einen Reim darauf machen, warum Vincenzo heute nicht so unbekümmert wirkte, wie bisher und sie mit einem Blick anschaute, den sie nicht bei einem jungen Mann seines Alters erwartet hätte. Sie wechselte einen langen Blick mit ihrer Mutter, der ihre Befürchtungen bestätigte. Nun hoffte sie inständig, dass Luciano nicht hier war, um den Kontakt zwischen seinem Sohn und ihr zu unterbinden. Allerdings hätte er es dann wohl nicht geduldet, dass

Vincenzo sie wie es einem jungen Herrn geziemte, galant am Arm zu den Olivenbäumen führte, um ungestört mit ihr reden zu können.

„Ich möchte, dass du es von mir erfährst", begann er und Rosanna erschrak gleich wieder, weil sie Unheil befürchtete. Vincenzo lächelte: „Ich möchte dich eines Tages heiraten", sagte er kurz und bündig. „Unsere Väter handeln gerade den Vertrag aus."

Rosanna atmete befreit auf. „Dagegen habe ich ganz bestimmt nichts!" Sie nahm seine Hände. „Ich glaubte schon, der Admiral mache Ernst, mich mit einem seiner Ziehsöhne zu verbandeln."

„Deswegen sind wir hier." Vincenzo blinzelte verschwörerisch. „Er hat uns fairerweise kundgetan, dass er etwas in der Richtung erwäge, aber keinen Kleinkrieg riskieren wolle und und so eine gewisse Zeit gebe, uns zu entscheiden. Wie ich reagiert habe, kannst du dir denken. Ich will mir den widrigen Fall gar nicht vorstellen! Wir sind gleich am nächsten Morgen losgeritten und haben den Pferden alles abverlangt."

Rosalie rief nach ihnen und Vincenzo führte Rosanna auf die gleiche Weise zum Haus, wie er sie zu den Ölbäumen gebracht hatte.

„Die junge Dame macht ganz den Eindruck als nähme sie das Urteil an", witzelte Luciano.

Rosanna lächelte charmant.

Sie ist wirklich verdammt wandlungsfähig, staunte er. *Es könnte durchaus interessant werden, sie in die höchsten Kreise einzuführen.* „Du stehst im täglichen Training, habe ich gehört?"

„Das ist richtig. Noch einmal schlägt mich keiner nieder."

„Du hast dich dafür sehr ungewöhnlich gerächt, hat man mir berichtet."

„Man sollte niemals den Haarschmuck einer Frau unterschätzen", erwiderte Rosanna sanft. Sie zog die bewusste Haarnadel aus ihrer Frisur.

Luciano nahm sie ihr beinahe übervorsichtig ab. „Das ist ja schon fast ein Dolch!" Er betrachtete das dreikantige 15 Zentimeter lange Gebilde, welches am breiten Ende ein paar metallene Ornamente zum Anfassen trug.

„In rund 300 Jahren wird man dies als Waffe scharf anschleifen, mit einem richtigen Griff versehen und Stilett nennen", ließ sich Rosalie vernehmen. „Ich war so frei, Bernhard unsere Tochter mit etwas ausstatten zu lassen, womit sie notfalls ihr Leben retten könne und habe gut daran getan."

Luciano gab Rosanna das gefährliche Schmuckstück zurück, wobei er feststellte: „Würde mich nicht wundern, wenn man es in unseren Regionen erfände."

„Das tut man auch. Es wird Norditalien berühmt-berüchtigt machen", gab Rosalie zu. „Ich habe der Zeit also nur ein kleines Bisschen vorgegriffen."

Sowohl Rosanna als auch Vincenzo schauten Rosalie mit aufgerissenen Augen an, worüber Bernhard und Luciano in schallendes Lachen ausbrachen.

„Dann ist es wohl an der Zeit, Licht ins Dunkel zu bringen, wer der Cavaliere della foresta di ontani und seine Frau sind", schmunzelte Luciano schließlich. „Es könnte also eine lange Nacht werden."

Lia und Antonio teilten sich in den Küchendienst, um alle bestmöglich zufriedenzustellen. Paul hockte auf Rosalies Schulter, weil er fühlte, dass er jetzt genau dort sein musste. Dann begann Luciano zu erzählen, wie er Rosalie zum ersten Mal begegnet und was im Lauf der Jahre daraus geworden war. Gebannt lauschten die einander versprochenen Kinder den Worten von Rosalie und Bernhard, wozu Paul immer wieder bestätigend krächzte.

Am Ende war es Rosanna, die zuerst die Sprache wiederfand. „Nun bin ich noch stolzer, eine Ontani zu sein und ich weiß endlich, warum ich anders bin, als hier im Allgemeinen üblich ist. Danke Mama, danke Papa! Und danke auch Luciano. Hättest du meiner Mama nicht geholfen, dann gäbe es auch mich nicht."

„Genau so wenig mich", stellte Vincenzo fest, „wenn deine Mutter, meine nicht gerettet hätte. Jetzt weiß ich auch endlich, warum sie immer wieder ihr und mein Leben lieber euch anvertraut hat, als irgendwelchen waffenstarrenden Wächtern in der Stadt. Wenn ich mir dann noch vorstelle, wie du deinen Entführer fertiggemacht hast, kann ich nur noch den Hut ziehen. Ich hoffe sehr, dass ich mich eines Tages deiner wirklich würdig erweisen kann."
Er kniete vor seiner Angebeteten nieder.

„Ich glaube, jetzt werde sogar ich sentimental", seufzte Luciano, auffällig die Nase hochziehend. „Auf alle Fälle werden wir morgen die Kunde von der Verlobung gleich selber dem Admiral überbringen."

Vincenzo streifte Rosanna seinen Siegelring über. „Damit du ein Liebespfand hast, das dich immer an mich erinnert."

„Ich möchte dir auch gern ein Geschenk machen, nur müssen meine Eltern zustimmen", sprach Rosanna. „Ich möchte gern, dass dir mein Vater ein Stilett anfertigt, so wie es meine Mutter beschrieben hat."

„Das heißt aber, dass ihr erst übermorgen nach Hause reiten könnt", erklärte Bernhard.

„Das junge Volk hat sicher nichts dagegen", grinste Luciano. „Es ist die Gelegenheit für mich, wieder einmal richtig im Wald des Admirals zu wildern."

Was er dann auch gleich mit dem Sonnenaufgang in Angriff nahm und das zwei Wildschweine nicht überlebten. So kam es, dass sie noch einen dritten Tag in der Mühle blieben, um einen Teil des Wildbrets mit zu genießen, welches Rosalie zu einem Gaumenschmaus der Extraklasse machte.

Bernhard stellte für Vater und Sohn Stilette her, die man hierzulande später ironischerweise Misericordia, auf Lateinisch Barmherzigkeit nennen sollte.

Was bei Rosannas Haarnadel sanft gerundete Kanten waren, trug hier Bernhards höllisch scharfen Spezialschliff.

„Nach außen ist kaum etwas zu sehen. Aber innen richten sie tödlichen Schaden an", erklärte Rosalie. „Rosannas Pferd hat noch immer Probleme. Wäre nicht nur die Spitze geschliffen gewesen, hätte es kaum überlebt. So war die Wunde eher oberflächlich. Diese Waffen gehen durch Muskeln wie durch Butter."

Luciano probierte es an der Wildschweinschwarte aus und steckte das Stilett anschließend behutsam mit in seine Dolchscheide. „Du bist und bleibst der beste Waffenschmied diesseits des Meeres."

Vincenzo nahm seine Waffe von Rosanna entgegen. „Möge es dir immer gute Dienste erweisen, dein Leben zu schützen", sagte sie. „Diesmal werde ich auch nicht weinen, wenn du gehst. Ich werde lächeln, weil ich mich darauf freue, dich bald wiederzusehen."

„Nun, junge Dame, noch rund fünf Jahre Galgenfrist, bis es richtig ernst wird", witzelte Rosalie, ihrer Tochter den Arm um die Schulter legend. „Bis dahin werde ich dir einige Dinge beibringen, mit denen du gegen jeden der gehobenen Gesellschaft punkten kannst, wenn du es geschickt anstellst."

„Fünf Jahre?" Rosanna machte große Augen.

„Ja. Erst, wenn Vincenzo zum Ritter geschlagen ist, und somit einen gesellschaftlich hohen Status hat, der selbst erworben ist. Er will nicht, dass man hinter vorgehaltener Hand tuschelt, ihr müsstet euch Ansehen mit seines Vaters Geld erkaufen."

Bernhard atmete tief durch. „Ich hab es auch nicht leicht, solche Dinge zu begreifen. Aber deine Mutter kennt sich glücklicherweise perfekt damit aus."

Rosanna lachte. „Ich weiß auch ganz genau warum und dass die Geschichten, die sie im Winter erzählt, nicht einfach nur Geschichten sind. Aber das ist unser Familiengeheimnis. Eines, das andere, ach so hochgeborene in dieser Welt, niemals haben werden."

Die Spinola trabten indes gemächlich auf die Doria-Burg zu, um Oberto freudestrahlend die für ihn schlechte Nachricht zu überbringen.

„Euern Gesichtern nach, ahne ich, was jetzt kommt!", rief er auch noch vor der Begrüßung. „Tretet ein, meine Herren! Aus welcher Richtung seid Ihr gekommen?"

„Von da!" Luciano zeigte über seine Schulter flussaufwärts.

„Aha, deshalb also das genüssliche Grinsen!", stellte Oberto amüsiert fest. „Hätte mich doch auch vollends gewundert, ließe ein Spinola etwas anbrennen."

Der ließ es auch nicht anbrennen, das Thema Mühle an sich anzusprechen, denn er gedachte nicht, Abstriche am derzeitigen Status hinzunehmen.

„Solange in meinem Sinn das Tal geschützt wird, werde ich auch keine anderslautenden Anweisungen geben", erklärte Oberto, nach längerem Nachdenken. „Dass die eingenommenen Wegegelder nun

Eurer Familie zukommen, obwohl sie bei Ritter Bernhard bleiben, war nicht vorauszusehen und wäre ohne intakte Mühle für mich auch nicht relevant gewesen. Belassen wir also beide den Zustand, wie er ist." Sie besiegelten es mit Handschlag.

„Den Zustand nach den Ontani beanspruche ich aber für mich, denn ich habe den Verwalter und seine Frau ins Tal gebracht," merkte Luciano an.

„Noch sind wir nicht da", wiegelte Oberto ab. „Zudem ist Rosanna die Erbin und die lässt sich sowie nichts ohne Kampf wegnehmen." Er grinste sehr breit in die Runde, worauf alle drei in schallendes Lachen ausbrachen.

Ja, da sprach er goldene Worte. Die völlige Unberechenbarkeit der jungen Dame sollte Oberto immer schön mit im Hinterkopf behalten. Auf dem Heimweg musste Vincenzo öfter grinsen, wenn er an das Gespräch dachte.

„Woran denkst du?", fragte Luciano schließlich, neugierig geworden.

„Daran, dass er seine Söhne lieber aus dem Spiel gelassen hat, weil ihm Rosanna unheimlich ist, auch wenn er sie sehr bewundert."

Luciano begann derart zu lachen, dass sogar sein Pferd scheute. Als er sich ein bisschen beruhigt hatte, rief er: „Du, ich glaube, das trifft den Nagel mitten auf den Kopf. Solange du sie nicht unheimlich findest, ist alles gut."

„Unheimlich reizend", blinzelte Vincenzo vergnügt.

Anna wanderte schon seit Tagen an den Fenstern umher, sich die fürchterlichsten Sorgen machend, was alles schief gelaufen sein könne. Immer zwei Stufen überspringend rannte sie die Treppe hinunter, als die beiden endlich auftauchten, um scherzend und lachend durch das Tor zu reiten. „Alles in Ordnung?", fragte sie, völlig außer Atem.

„Aber sicher", schmunzelte Luciano. „Wir haben dir eine Schwiegertochter besorgt und die Doria geärgert. Mehr ging nicht in den paar Stunden."

„Paar Stunden", echote Anna verblüfft. „Ich bin hier fast vor Angst gestorben! Wie geht es den Ontani?!"

Vater und Sohn legten ihre Waffen auf eine Truhe an der Wand, um sofort ihren Bericht zu beginnen, während eine Dienerin kalten Braten auftrug.

Am Ende wiederholte Luciano die Worte seines Sohnes, Rosanna und die Doria betreffend. Auch Anna prustete los. „Besser kann es doch gar nicht laufen! Hat man denn herausbekommen, wer hinter dem feigen Anschlag steckt?"

„Nein, Rosanna hat den Schuft so zugerichtet, dass er kurz darauf gestorben ist. Ich habe mir aber ansehen dürfen, was sie bei ihm gefunden hat. Alles deutet darauf hin, dass die vier auf eigene Faust Beute machen und Lösegeld fordern wollten, was ihnen nicht wirklich gut bekommen ist."

Anna nickte versonnen. „Die Schlagkraft der Ontani hat sich herumgesprochen. Rosanna soll *ein Weib, wie ein Mannsbild* sein. Na, die werden sich wundern, wenn sie bei uns Einzug hält! Hach, ich freu mich auf die dümmlichen Gesichter."

Vater und Sohn wechselten belustigte Blicke und beschlossen, alles bis zur Hochzeit über die zukünftigen Signora Spinola geheim zu halten. Für Klatsch und Tratsch sorgten die anderen schon genug.

Antonio bekam nun den speziellen Auftrag, Rosanna in allem zu unterweisen, was sie in der Stadt und über die Gepflogenheiten der dort lebenden Adligen wissen musste. Rosalie flocht hin und wieder ein paar Sätze ein, was die modernen Forscher mittels forensischer Untersuchungen herausgefunden hatten, wenn jemand aus den Adelshäusern zu plötzlich aus dem Leben gerissen worden war.

„Ach du lieber Himmel!", stöhnte Rosanna bei den ersten Lektionen. „Wie ruhig und friedlich geht es doch in unserem Tal zu!"

Auch das aktuelle Verhältnis der Genuesen zu den Pisanern musste sie büffeln, um nicht in irgendwelche Fettnäpfchen zu treten.

„Das Friedensabkommen steht übrigens vor der Tür", flüsterte Rosalie mehr zu sich selbst.

„Ich bleibe trotzdem hier", hörte sie Antonio sagen. „Hier ist mein Zuhause, hier sind meine Freunde, hier habe ich meinen Platz gefunden. Ich hänge an meiner Arbeit, an diesem Tal und an euch. Ich habe keine Lust, in den Teufelskreis der geldgierigen Datini-Verwandtschaft zu kommen. Der Verwalter des Vorwerks einer Burg zu sein und einem Ritter zu dienen, ist schließlich eine ehrenvolle Aufgabe."

„Und die erledigst du hervorragend!", lobte Bernhard.

Die Mitgift der Ontani

Auch wenn sich Rosanna lieber im Schwertkampf übte, erlernte sie allerlei Handarbeitstechniken, um ihre Aussteuertruhen füllen zu können. Sticken, Stricken, Nähen – was Mutter konnte, wollte sie auch bringen. Schließlich war sie eine Ontani. Sie fühlte sich verpflichtet, außergewöhnlich zu sein.

Bernhard schuf viele kleine Kunstwerke, die den Seerosenschalen des Admirals in Schönheit kaum nachstanden und packte sie sorgfältig für den großen Augenblick ein. Rosalie überlegte, womit man, außer mit extrafeinem Öl, für Verblüffung sorgen könne, wenn man nicht im großen Geld schwamm.

Eine Entdeckung des klugen Paul, brachte sie auf eine geniale Idee. Der hatte sich Ende Mai laut zeternd auf das Dach der Schmiede gesetzt und konnte sich gar nicht mehr beruhigen. Rosalie war ihm schließlich völlig entnervt auf die andere Seite des Flusses gefolgt, wo es gefährlich laut summte. Ein riesiger Schwarm Bienen hing an einem trockenen Ast und wurde von Sekunde zu Sekunde größer.

„Guter Vogel!", rief Rosalie und rannte, so schnell sie die Beine trugen, zurück zur Mühle. „Ich ... ich brauche einen großen Eimer, einen Sack und einen eng geflochtenen kleinen Tragekorb! Paul hat Bienen entdeckt, die will ich mir holen! Macht in den Korb schon mal ein Flugloch! Ich bin gleich wieder da!"

Die Männer schauten verblüfft hinterher. Und während sich Bernhard um das Loch kümmerte, eilte Antonio Rosalie nach, die sicher Hilfe brauchen werde.

„Wie willst du es machen, ohne gestochen zu werden?", fragte er zweifelnd.

„Ich halte den Eimer hoch, du brichst den Ast ab und dann werfen wir den Sack über den Eimer. Was anderes fällt mir gerade nicht ein", erwiderte Rosalie.

Paul brachte sich aus der Gefahrenzone. Die vielen Stachelträger waren ihm hochgradig suspekt.

Lia, die Bienenhaltung aus ihrer alten Heimat kannte, half Bernhard, den richtigen Korb zu finden, und hielt fest, als er das Loch hineinschnitt. Sie klemmte auch noch einen Stückchen Holz als Startrampe für die Bienen in die Öffnung und Querstäbe, an denen sie ihre Waben bauen konnten. Als die beiden Bienenfänger erfolgreich und ohne Blessuren zurückkamen, erklärte sie ihnen auch, in welche Richtung das Flugloch zeigen musste, damit sich die Tiere wohlfühlten. Antonio und Rosalie schütten den Schwarm hinein, drehten den Korb rasch um und traten ein paar Schritte zurück.

„Sie brauchen eine Weile und es ist nie sicher, ob sich der ganze Schwarm nicht wieder davon macht", erklärte Lia. „Vielleicht haben wir ja Glück, und sie beginnen zu bauen."

Am Abend waren die Bienen noch da, am nächsten Morgen auch und gegen Mittag kamen einzelne Insekten heraus, um sich zu orientieren. Dann ging es Schlag auf Schlag, ein ständiges Kommen und Gehen.

„Sie haben den Korb angenommen!", jubelte Rosalie und schenkte Paul ein großes Stück Käse. „Wir werden, wenn wir es klug anstellen, Honig für die Aussteuer haben! Wir werden sammeln, denn der hält sich ewig."

Von einer Wachssteuer für die Kirche hatten sie noch nichts vernommen und wenn, dann würden Luciano oder Annas Vater das sicher irgendwie regeln.

Lia bekam die Aufsicht über das Bienenvolk, denn sie war die Einzige, die sich neben Rosalie ein bisschen auskannte. Bernhard schüttelte amüsiert den Kopf über Rosalie, die zwar gewusst hatte, wie man so einen Schwarm fangen konnte, sich mit Honig an sich auskannte, sonst aber die völlig Ahnungslose gab.

„Sie weiß sicher mehr", vermutete auch Antonio.

„Na ja, ein bisschen", lenkte Rosalie schließlich ein. „Bei uns gab es keine Körbe, sondern Beuten. Also Kästen mit Rahmen für die Waben. Bei den Körben zerstört man alles, wenn man den Honig rausholt. Ich habe nur keinen Funken Ahnung, ob die Rahmen senkrecht oder waagerecht sein müssen."

„So lang!", rief Lia und zeigte von oben nach unten. „So bauen die Bienen am liebsten."

„Die Expertin hat gesprochen", freute sich Rosalie, „nun weiß ich auch mit den Schüben Bescheid." Sie zeichnete einen dreistöckigen Kasten mit Schubladen und je zehn Rahmen. „Ein kleiner, einzelner Kasten täte es für den Anfang ja auch. Nächstes Jahr stocken wir dann kräftig auf."

Nur war guter Rat teuer, woher man die filigranen Brettchen nehmen sollte. Also blieb man bei der Korbvariante. Im Winter flocht man halt noch ein paar Bienenkörbe aus Schilf und arbeitete gleich einige Querstreben für den Wabenbau ein.

Im milden Klima der Region, so waren sich Lia und Rosalie einig, konnte man bis in den August warten, ehe man den Honig erntete. Es blühten noch immer unzählige Pflanzen und die Bienen sammelten emsig Nektar und Pollen. Dass es dann nicht, ohne gestochen zu werden, funktionierte, war allen klar gewesen. Die Bienen kehrten aber in ihren Stock zurück und ein erkleckliches Krüglein Honig hatte man auch. Und wo man schon dabei war, alles zu verändern, teilte man auch gleich noch den Schwarm, weil man junge Königinnen entdeckt hatte.

Paul machte seinem Namen als Wächter-Rabe besonders in der Dämmerung alle Ehre, wenn allerlei kleine pelzige Räuber versuchten, den begehrten Honig zu stehlen. Wie immer, bekam Rosalie die Felle, die Kadaver durfte Paul behalten. Er brachte sogar nach dem Festmahl die ungenießbaren Knochen selber auf den Abfallhaufen. Nun fand er die Bienen auch richtig toll. Man musste ihnen ja nur tagsüber aus dem Weg gehen. Die Menschen bekamen Honig, Wachs und viele Früchte durch gute Bestäubung, er Fleisch in allen Varianten. Er musste nur noch mit seinem Schnabel gezielt danach hacken.

Bei der Olivenernte packten wieder viele Helfer mit zu, die mit einer festen Anstellung auf dem Mühlenhof liebäugelten. Leonardo wusste, wer selbstständig und akkurat arbeiten konnte, entsprechend setzte er die jungen Männer ein. Aber auch zwei Mädchen waren mitgekommen, die er mit der Ernte des reifen Gemüses auf der kleinen Zweifelderparzelle betraute. Lia und Rosanna sammelten indes Wildkräuter für Rosalies berühmte Teemischungen und für die Salben, die sie hin und wieder zusammenrührte, wenn die Leute aus den Dörfern beim Quacksalber wirkungslose Wässerchen und Pülverchen bekommen hatten.

Oft konnte sie helfen, aber nicht immer. Und in diesen Fällen machte sie sich die größten Sorgen, mit der wachsenden Inquisition in Berührung zu kommen, weil Heilwissen tödlich sein konnte. Möglich, dass Oberto seine schützenden Hände über sie hielt, denn mit fortschreitendem Alter plagten ihn auch diverse Zipperlein, die sie ein wenig lindern konnte.

Paul kam auch langsam in gesetztere Jahre und hockte lieber zu Hause, als den Wald- und Wiesenbewohnern Streiche zu spielen. Das durchschnittliche Alter der wilden Raben war schon überschritten. Rosalie hatte irgendwann fallen lassen, dass er bei gutem Futter durchaus 70 Jahre und älter werden konnte. Davon war er natürlich noch weit entfernt.

Bald waren auch wieder seine Fähigkeiten als Babysitter gefragt, denn die Datini bekamen Nachwuchs. Und diesmal griff Rosanna mit zu, um schon mal ein bisschen zu üben, wie sie mit einem verschmitzten Lächeln kundtat.

Rosalie war dankbar, dass Luciano seinen Sohn so erzog, dass der erst einmal jemand werden wollte, ehe man ihn verheiratete. Im 13. Jahrhundert wäre es durchaus üblich gewesen, die Kinder miteinander zu verbinden und dem Schicksal seinen Lauf zu lassen. Wäre Vincenzo viel älter als Rosanna gewesen, hätten die Spinola wegen des Clans auch keine Rücksicht nehmen können, um sich gesellschaftlich nicht ins Abseits zu stellen. Die Ontani wiederum waren abhängig von der Gunst der hohen Familien.

„Trotz allem können wir froh sein, dass es uns so gut geht." Bernhard strich Rosalie übers Haar.

Während er langsam ergraute, waren bei ihr nur drei oder vier silberne Fäden zu finden, die kaum auffielen. Durch die Arbeit in der Schmiede war er immer noch ein stattlicher, muskulöser Recke, wie Rosalie immer wieder bewundernd feststellte. Wenn die Spinola auf Sommerfrische kamen, stand er bei der Jagd in der Treffsicherheit Luciano nicht nach. Verwegener war nur Vincenzo, der sich, mit jedem Jahr mehr, zu einem echten Abbild seines Vaters mauserte – nicht nur das Aussehen betreffend. Kühn, wagemutig, charakterstark und sein Wort galt bereits etwas, auch außerhalb der Familie.

Als Anna ein Jahr vor der Hochzeit vorschlug, Rosanna auf die feine Gesellschaft Genuas vorbereiten zu wollen, nickte diese wohlerzogen, um im nächsten Augenblick ihre Schwiegermama in spe vollends zu verblüffen. Antonio hatte ganze Arbeit geleistet und sie sogar in höfischen Tänzen ausgebildet.

Vincenzo rieb sich, natürlich auch wohlerzogen, nur innerlich die Hände, während er nach außen ein äußerst zufriedenes Lächeln zeigte. Luciano klopfte ihm auf die Schulter und grinste. Rosanna war halt eine Ontani, da musste man auf alles gefasst sein.

Sogar darauf, dass der Stoff für ein Brautkleid bereits vorhanden war und Rosalie auch schon zu nähen begonnen hatte. Antonio war mit einem entsprechenden Auftrag in Genua gewesen, wo er Stoff, Bänder, Garn und Nadeln erstand. Als gewitzter Geschäftsmann hatte er zuerst Meinungsforschung zum Thema betrieben und dann gezielt nach den Objekten seiner Begierde gesucht. Inklusive ordentlichem Feilschen, um den Preis zu drücken.

Als er nach fast einer Woche wieder zu Hause war, zeichnete er auf ein Blatt Papier, wie ein aktuell angesagtes Brautkleid auszusehen hatte. Rosalie war nicht überrascht. Sie hatte mit etwas Schlichtem gerechnet. Das zarte Himmelblau des Stoffs passte perfekt zu Rosanna und mit der breiten Borte aus Goldfäden musste sie einfach umwerfend aussehen.

Antonio war es sogar gelungen, das Goldnugget wieder mitzubringen, das ihm Rosalie zugesteckt hatte, um Rosanna bestmöglich ausstatten zu können. Er hatte, weil er Rosalies Talent kannte, auch nur eine einfach graue Kappe mitgebracht, die mit dem Stoff des Kleides bezogen und mit Bändern aus dem gleichen Material ausgestattet werden konnte, um sie unterm Kinn zu binden.

„Irgendwas fehlt noch", murmelte Rosalie, die Augen zusammenkneifend.

„Stimmt!" Antonio hastete davon. Er hatte das Seidengewirk für den kurzen Schleier der Kopfbedeckung noch in seinem Reisesack stecken.

„Oh, du hast ja wirklich an alles gedacht!", strahlte die Brautmutter, die immer wieder staunte, wie perfekt Antonio jeden Auftrag abarbeitete.

Als letzte Arbeit stickte Rosalie das Wappen der Ontani auf einen neuen hellen Umhang, damit Rosanna richtig auftrumpfen konnte.

Vier große Truhen war bis an den Rand mit Hausrat gefüllt, der einer reichen Dame, die sie dann sein werde, würdig war. Bernhard hatte grazile Messer und Gabeln gefertigt, die Griffe aus wundervoll gemasertem Olivenholz zierten. Antonio schnitzte, gegen Naturalien für seine Familie, Schüsseln und Löffel und ganz nebenbei noch eine Überraschung, die er Rosanna als Geschenk zur Hochzeit überreichen wollte – Knöpfe und Ornamente aus Palm- und Olivenholz.

Ein halbes Jahr vor dem gesellschaftlichen Großereignis ritten Boten in alle Himmelsrichtungen, um Einladungen zu überbringen oder von der bevorstehenden Trauung zu künden.

Luciano schickte zwei Wochen vor der Hochzeit mehrere bewaffnete Männer zu Mühle. Vier sollten das Bollwerk schützen, solange Ritter Bernhard und seine Frau abwesend waren, die anderen vier das reich beladene Fuhrwerk und die drei Reisenden.

Von Imperia aus wollte man die Reise mit einem Schiff von Annas Vater nach Genua fortsetzen. Und überall wurde Rosanna mit riesengroßen Augen und unverhohlen neugierig gemustert, denn man hatte ja noch immer ein völlig falsches Bild von der jungen Dame. Bernhard und Rosalie wechselten belustigte Blicke.

Besonders, als sie Genua erreichten, und die Spinola, allen voran Vincenzos Großvater, in offensichtliche Verzückung über der Schönheit der Braut gerieten. Er reservierte sich auch das Vorrecht, die junge Dame am Arm zur Kutsche und später in sein prunkvolles Haus zu führen, wo das große Fest stattfinden sollte. Diesmal grinsten sich Vater und Sohn genüsslich an, was auch den Ontani nicht entging.

Rosanna antwortete sehr bedacht auf alle Fragen, hatten ihr doch ihre Mutter und Antonio einiges über die Intrigen erzählt, die man in reichen Häusern spann. Wie einfach war da doch das Leben in der Mühle gewesen.

„Du steigst in Regionen auf, wo du auf politische Entscheidungen Einfluss nehmen kannst", hatten sie ebenfalls erklärt. „Und du hast das Zeug dazu, es wirklich zu tun."

Rosannas Gestalt straffte sich. Ja, sie werde an Vincenzos Seite für dessen und ihren Aufstieg wirken. Fressen, statt gefressen zu werden. Sie war eine Ontani. Punkt.

Im Haus des Großvaters stellte man die reiche Mitgift der jungen Braut zur Schau, indem man die Fässer, Krüge und Truhen entsprechend drapierte, wobei Letztere geöffnet ihren wundervollen Inhalt offenbarten. Die hervorragenden Schmiedearbeiten Bernhards standen in den aufgeklappten Deckeln und sorgten für Begeisterung bei den Betrachtern. Die geheimnisumwitterten Ontani wurden gern und mit offenen Armen in den Schoß der Familie aufgenommen.

Am Morgen der Hochzeit strahlte die Sonne mit Rosanna um die Wette, als sie am Arm ihres Vaters auf den Traualtar in der Kathedrale von Genua zuschritt, wie sie es in den letzten beiden Tagen heimlich geübt hatten, um die Spinola nicht zu blamieren. Alle Plätze waren besetzt, viele andere mussten stehen, um dem Ereignis beiwohnen zu können. Rosalie drückte heimlich Bernhards Hand.

Beim Festbankett musste Rosanna aufpassen, nicht die Fassung zu verlieren. Sie hatte noch nie einen so unglaublich reich gedeckten Tisch und so viele verschiedene Früchte gesehen. Nur aus den Berichten ihrer Mutter kannte sie das. Auch Bernhard hatte nur aus dieser Quelle je von so etwas gehört. Immer wieder konnte er irgendwo die Richtigkeit von Rosalies Geschichten erfahren und war mit jedem Mal stolzer auf seine Frau.

Am nächsten Morgen erhielten die jungen Spinola das Castello di Campo Ligure zum Geschenk und Wohnsitz, was ihnen zur sprudelnden Einnahmequelle werden sollte. Der hart erarbeitete Ritterstand hatte für Vincenzo den Vorteil, als bereits geachteter Mann die Verwaltung zu übernehmen. Rosanna kannte sich im Haus- und Wirtschaftswesen hervorragend aus, sodass die kleine Burg erstaunlich schnell autark versorgt werden konnte. Das erlaubte es ihnen, die eingenommenen Gelder beisammen zu halten, und für größere Projekte einsetzen zu können.

Solange es Bernhards Gesundheit zuließ, besuchten die Ontani regelmäßig die Burg. Als der geachtete Ritter vom Erlenwald starb, wurde er auf dem kleinen Friedhof in Isolabona begraben. Für Rosalie brach eine Welt zusammen. Sie brauchte Wochen, um den Verlust ihres geliebten Mannes verarbeiten zu können. Paul, der genau wie ein Mensch trauerte, wich keinen Augenblick von ihrer Seite.

Rosanna versuchte alles, ihre Mutter zum Umzug auf die Burg zu bewegen, um für sie da sein zu können, wogegen sich Rosalie vehement wehrte. Sie klammerte sich an die Erinnerungen, die sie beim Anblick der Schmiede hatte, wie eine Ertrinkende an einen Strohhalm.

Erst als Paul, der treue Rabe, von einem Raubvogel schwer verletzt, starb, ließ sie sich erweichen. Antonio übernahm in ihrem Auftrag die Mühle, so wie es die Spinola und Doria vorausgesehen hatten. Vier der Helfer aus Isolabona, die nun nicht mehr ganz so jung waren, aber in vollem Saft standen, stellte er als Knechte ein. Sein Sohn heiratete die Tochter des Kürschners aus Isolabona, was zum gegenseitigen Vorteil der Familien beitrug und die Einnahmen der Mühle steigen ließ.

Die beiden Söhne der jungen Spinola liebten Großmutter Rosalie abgöttisch, denn niemand konnte spannendere Geschichten erzählen, niemand schönere Spiele erfinden und keiner besser kochen. Als die alte Dame langsam die Kräfte verließen und sie ihre Kammer nicht mehr verlassen konnte, gaben sie ihr die gleiche Aufmerksamkeit zurück, die sie einst von ihr erfahren hatten.

Sie erzählten ihr, was in der Welt passierte, brachten ihr frische Blumen, an denen sie sich erfreuen konnte, und manchmal überreichten sie ihr einen Brief von Antonio, der berichtete, wie es in der Mühle lief.

Schließlich erblickte der dritte Sohn der jungen Spinola das Licht der Welt und die kleine Burg wurde endgültig zu eng. Vincenzo, inzwischen einer der reichsten Männer der Familie, plante einen genialen Schachzug, mit dem er schließlich den ganzen Clan verblüffen sollte – er kaufte anno 1340 für 30000 Gulden die Stadt Lucca, womit er seinen Machtbereich auf die Toskana erweiterte und Einfluss auf die reiche Textilherstellung der Region erlangte.

Doch die hoch betagte Rosalie sollte den Umzug dorthin nicht mehr erleben. Sie starb im Kreis ihrer Lieben mit einem Lächeln auf den Lippen.

Man beerdigte sie, auf Bitte Rosannas, mit einem Erlenzapfen, einem Olivenzweig und einer Rabenfeder in einem Familiengrab der Spinola in Genua, wohin man wenig später auch die sterblichen Überreste Bernhards überführte, um beide im Tod wiederzuvereinen.

Inhaltsverzeichnis

Freudige Ereignisse	5
Zwei Siedlungen in Feierlaune	12
Für gute und für schlechte Zeiten	26
Der Ritter vom Erlenwald	53
Viele Gründe, um zu feiern	72
Bernhard im Glück	87
Stolze Eltern	106
Ein Kindermädchen für Rosanna	138
Wildkatze Rosanna	153
Heiratsdiplomatie	162
Die Mitgift der Ontani	177

Weitere spannende Bücher:

Die Nebelwald-Saga

Band 1: Der Nebelwald

Band 2: Die Schlacht um Wildforest

Band 3: Unter dem Banner des Gefleckten Drachen

Die Aurëus-Saga

Band 1: Der Spiegel des Aurëus

Band 2: Das Geheimnis des Aurëus

Band 3: Die Urenkelin des Aurëus

Band 4: Die Drachen des Aurëus

... Sex & Abenteuer - Reiseromane

Band 1: Asphalt, Sex & Abenteuer
Band 2: Burgen, Sex & Abenteuer
Band 3: Sehnsucht, Sex & Abenteuer
Band 4: Träume, Sex & Abenteuer

Der Nixen-Clan

Band 1: Adaia
Band 2: Die Meermänner von Tuvalu
Band 3: Alarmstufe rot
Band 4: Im Reich des Lóng

Die Magier von Tarronn Band 1 - 5

Und viele mehr unter:
www.reni-dammrich-geschichtenzauber.de